Asa-de-prata

KENNETH OPPEL

Asa-de-prata

Tradução de
ALVES CALADO

Reservam-se os direitos desta edição à
EDITORA JOSÉ OLYMPIO LTDA.
Rua Argentina, 171 – 1º andar – São Cristóvão
20921-380 – Rio de Janeiro, RJ – República Federativa do Brasil
Tel.: (21) 2585-2060 Fax: (21) 2585-2086
Printed in Brazil / Impresso no Brasil

Atendemos pelo Reembolso Postal

ISBN 978-85-03-00954-6

Capa: Interface Designers / Sérgio Liuzzi

Ilustração: Myoung Youn Lee

CIP-Brasil. Catalogação-na-fonte
Sindicato Nacional dos Editores de Livros, RJ.

Oppel, Kenneth, 1967-
O71a Asa-de-prata / Kenneth Oppel; tradução Alves Calado – Rio de Janeiro: José Olympio, 2007.

Tradução de: Silverwing
ISBN 978-85-03-00954-6

1. Literatura juvenil. I. Alves Calado, Ivanir, 1953- . II. Título.

07-0152 CDD – 028.5
CDU – 087.5

Para Sophia

Sumário

Primeira Parte

Segunda Parte

TERCEIRA PARTE

Primeira Parte

Sombra

Voando baixo às margens do rio, Sombra ouviu o besouro aquecendo as asas. Bateu as suas com mais força, aumentando a velocidade enquanto se dirigia ao zumbido musical. Estava quase invisível contra o céu noturno, os riscos de prata no pêlo negro e denso luzindo ao brilho da lua.

Agora no ar, o besouro era um redemoinho de casca e asas. Sombra ainda não conseguia vê-lo com os olhos — mas enxergava com os ouvidos. Apanhado em sua visão de eco, o inseto zumbia e brilhava na mente como uma sombra desenhada em mercúrio. O ar assobiava nas orelhas abertas quando ele mergulhou. Freando rápido, pegou o besouro com a membrana da cauda, jogou-o na asa esquerda e o lançou direto na boca aberta. Em seguida, subiu afastando-se e estalou a casca dura com os dentes, saboreando a deliciosa carne de besouro escorrendo pela garganta. Depois de umas boas mastigadas, engoliu tudo. Muito gostoso. Os besouros eram, de longe, a melhor comida da floresta. As larvas-de-farinha e os maruins também não eram maus. O gosto dos mosquitos não era grande coisa — penugentos, meio piniquentos às vezes — mas eram os mais fáceis de pegar. Ele já havia comido mais de seiscentos esta noite, ou algo assim; tinha perdido a conta. Eram tão lentos e desajeitados que bastava ficar de boca aberta e engolir de vez em quando.

Teceu uma teia de som, procurando insetos. Começava a se sentir cheio, mas sabia que deveria comer mais. Sua mãe tinha dito (ela vinha dizendo nas últimas dez noites) que ele precisava engordar porque o inverno estava chegando. Sombra fez uma careta enquanto pegava uma larva numa folha e engolia. Como se algum dia fosse ficar gordo! Mas sabia da existência de uma longa jornada pela frente, para o sul, até Hibernáculo, onde toda a colônia passaria o inverno.

Ao redor, na fria noite de outono, dava para ouvir e ver outros asas-de-prata cortando a floresta, caçando. Esticou as asas com prazer, só desejando que fossem mais compridas, mais poderosas. Por um momento fechou os olhos, orientando-se apenas pelo som, sentindo o ar acariciar o pêlo do rosto e da barriga.

As orelhas se empinaram de repente. Era o tamborilar característico de uma mariposa-tigre voando. Inclinou a asa direita e girou, indo direto para a presa. Se pudesse pegar uma — todo mundo sabia como elas eram difíceis de caçar —, ele teria uma história para contar em Porto-da-árvore, ao nascer do sol.

Ali, batia as asas diáfanas, balançava-se desajeitada. Na verdade, era digna de riso. Ele estava quase em cima, e talvez não fosse tão difícil, afinal de contas. Lançou uma rede de som em volta dela e preparou as asas para o mergulho. Mas uma tempestade de ruídos despedaçou sua visão de eco, e na mente ele viu de súbito não apenas uma, mas uma dúzia de mariposas-tigre prateadas, todas indo em direções diferentes.

Piscou, confuso. A mariposa ainda estava na frente dele — dava para ver com os olhos. De algum modo, ela embaralhava seus ecos. Use os olhos, use os olhos agora, disse a si mesmo. Bateu as asas com mais força, chegando rápido, as garras estendidas. Com as asas totalmente abertas, freou e balançou a cauda para a frente, para pegar a presa, quando...

A mariposa-tigre simplesmente dobrou as asas e caiu direto, sumindo de seu caminho.

Sombra ia rápido demais e não pôde parar. Sua cauda simplesmente girou por baixo do corpo, e ele deu uma cambalhota. Gadanhando o ar, mergulhou por uma fração de segundo antes de se ajeitar. Olhou em volta, procurando espantado a mariposa-tigre.

Acima dele, ela flutuava placidamente.

— Ah, não, você não vai fugir!

Bateu as asas e subiu depressa, ganhando altura. Mas, de repente, outro morcego relampejou diante dele, agarrando a mariposa-tigre com a boca.

— Ei! — gritou Sombra. — Ela era minha!

— Você teve sua chance — disse o outro morcego.

Sombra reconheceu a voz instantaneamente. Ventoforte. Um dos outros filhotes da colônia.

— Eu ia pegar! — insistiu Sombra.

— Duvido. — Ventoforte mastigou vigorosamente e deixou as asas do inseto caírem dos dentes. — Por sinal, isso é fabuloso. — Ele exagerou o som das mastigadas. — Bem, talvez você tenha sorte uma noite dessas, pirralho.

Sombra escutou risos e viu que tinha uma platéia, outros filhotes desciam voando para se empoleirar num galho próximo. Maravilhoso, pensou, todo mundo vai ficar falando disso nas próximas duas noites.

Batendo suas asas impressionantes, Ventoforte fez um pouso gracioso, plantando as duas garras traseiras no galho e se pendurando de cabeça para baixo. Sombra olhou para ele com uma mistura de inveja e raiva, enquanto os outros se afastavam para lhe dar espaço. Ali estava Jarod, que nunca ficava mais distante do que uma batida de asas de Ventoforte; seria capaz de voar acima do topo das árvores numa tempestade de raios, se Ventoforte mandasse. E ali estavam Yara, Osric e Penumbra. Aquele pessoal vivia junto. Sombra não queria se juntar a eles, mas voar para longe agora pareceria ainda mais uma derrota. Acomodou-se no galho, um pouco afastado. Seu antebraço direito doía, por causa do giro no ar.

Pirralho. Odiava o apelido — mesmo sabendo que era verdade. Comparado com Ventoforte e alguns dos outros filhotes, era muito pequeno. Tinha nascido cedo. A mãe nem tinha certeza de que ele sobreviveria — foi o que lhe contou mais tarde. Quando bebê, ele era minúsculo e careca, com a pele frouxa e tão fraco que mal conseguia se agarrar ao pêlo da mãe. Ela o carregava a toda parte, mesmo quando ia caçar. Quando as garras débeis de Sombra começavam a perder as forças, ela o segurava gentilmente com as suas.

Bebendo seu leite, ele aos poucos ficou mais forte. Em algumas semanas até podia comer alguns insetos mastigados que ela apanhava. O pêlo começou a crescer, liso e preto. Ele ganhou peso, não muito, mas o bastante. E todo mundo na creche ficou surpreso quando ele deu o primeiro salto e ficou no ar, as asas batendo por segundos inteiros antes de ter de fazer um pouso inglório sobre o queixo. Ia sobreviver, afinal de contas.

Mas todos os outros na creche da colônia iam crescendo mais depressa, até as fêmeas, com peitos mais largos, asas mais amplas e braços mais fortes para acioná-las. Ventoforte era considerado o filhote mais promissor, hábil no vôo e na caça. Sombra daria qualquer coisa para ter o corpo de Ventoforte — certamente não queria o cérebro dele, que era quase tão ativo e útil quanto uma pedra.

— Incrível, Ventoforte — disse Jarod, entusiasmado. — O jeito como você pegou aquela mariposa... espantoso!

— Foi a segunda da noite.

— A segunda? — disse Jarod. — Não! Você pegou duas esta noite? Isso é... — sua admiração parecia infinita. — Incrível!

Sombra trincou os dentes enquanto os outros murmuravam, concordando.

Ventoforte fungou, cheio de desdém.

— Eu teria apanhado mais, se houvesse mais caça. É melhor no sul. Mal posso esperar para ir lá.

— Ah, claro — concordou Jarod, assentindo furiosamente. — Claro que é melhor no sul. É incrível a gente conseguir alguma coisa para comer aqui. Mal posso esperar para ir lá também.

— Minha mãe disse que a gente vai embora daqui a três noites — continuou Ventoforte. — E quando a gente chegar a Hiba... Hiber...

— Hibernáculo — murmurou Sombra.

— É — disse Ventoforte, sem nem mesmo olhar para ele, como se Sombra nem estivesse ali. Sombra estava acostumado a ser ignorado. Imaginava por que se dava ao trabalho de falar. Odiava ter de suportar Ventoforte posando e se comportando como rei.

— Então, quando a gente chegar nesse lugar — continuou Ventoforte —, a gente vai dormir numas cavernas bem fundas, com uns espetos enormes pendurados no teto.

— Estalactites — disse Sombra. Tinha perguntado à mãe sobre isso. — Não são espetos, são feitos de minerais que pingam do teto.

Ventoforte o ignorou e continuou falando dos espetos nas cavernas. Sombra fez uma careta. Ventoforte nem se interessava o bastante para entender as coisas. Não tinha curiosidade. Sombra duvidava de que ele ao menos já tivesse visto gelo. Sombra tinha, pela primeira vez, na noite passada. Perto do amanhecer, no riacho onde bebiam, havia notado uma pele translúcida na água, espalhando-se a partir da margem. Não resistiu a experimentá-lo, fazendo um vôo rasante e batendo nele com as garras traseiras. Na segunda tentativa, sentiu o gelo ceder com um estalo satisfatório. Nas semanas anteriores tinha notado os outros sinais da aproximação do inverno: o brilho mudando nas folhas que caíam, o frio no ar. Mas foi o gelo que o fez perceber que o inverno estava realmente chegando, e isso o deixou ansioso.

Não gostava de pensar na migração próxima. Hibernáculo ficava a milhões de batidas de asas de distância, e ele guardava um medo secreto de não ser forte o bastante para fazer a viagem. E sua mãe também devia estar preocupada, caso contrário não ficaria dizendo o tempo todo para ele comer. E mesmo que chegasse lá, a idéia de dormir durante quatro meses o enchia de pavor. Eles não iriam se alimentar durante todo o inverno, só dormiriam, com os corpos brilhando por causa da geada. E se não conseguisse dormir? E se ficasse simplesmente pendurado ali na caverna, com todo mundo apagado em volta? Era uma idéia estúpida, dormir durante tanto tempo. Um desperdício! Talvez outros morcegos pudessem dormir tanto tempo, mas ele tinha certeza de que não conseguiria. Simplesmente não era possível. Algumas vezes achava difícil dormir um dia inteiro. Havia tanta coisa que precisava fazer! Treinar vôo, aprender a pousar melhor, caçar melhor, pegar uma mariposa-tigre. Precisava ficar maior e mais forte e não via como conseguiria tudo isso dormindo o inverno inteiro.

— Mal posso esperar para conhecer meu pai — dizia Ventoforte.

— Eu também — concordou Rasha.

E, então, todo mundo começou a falar sobre pais, repetindo histórias contadas pelas mães e pelas irmãs. Naquele momento, os asas-de-prata estavam divididos ao meio. Porto-da-árvore era uma colônia-creche, na qual as fêmeas criavam os recém-nascidos. Mais para o sudeste, os machos passavam o verão em Abrigo de Pedra. Mas, assim que a migração começava, eles se encontravam para a longa viagem em direção a Hibernáculo, no sul.

Sombra ouvia atentamente. Sentia o rosto endurecer, desejando que eles ficassem quietos.

— Meu pai é enorme — dizia Ventoforte, acima das falas dos outros. Ventoforte nunca esperava que ninguém terminasse de falar. Intrometia-se e todo mundo sempre parava para ouvir. Sombra não entendia o motivo: as únicas coisas que Ventoforte falava eram sobre quanto tinha comido ou quais de seus músculos estavam mais doloridos devido ao último feito heróico.

— As asas do meu pai — disse ele agora — vão daqui até aquela árvore. Ele pode comer dez mil insetos numa noite e é mais rápido do que todo mundo na colônia. E uma vez lutou com uma coruja e a matou.

— Nenhum morcego pode matar uma coruja — reagiu Sombra. Era a primeira coisa que ele falava há algum tempo, e a raiva em sua voz o surpreendeu.

— Meu pai matou.

— Elas são grandes demais. — Sombra sabia que Ventoforte só estava contando vantagem, mas não podia deixar passar.

— Um morcego forte pode, facilmente.

— Sem chance.

— Você não sabe de tudo, pirralho. Está me chamando de mentiroso?

Sombra sentiu o pêlo se arrepiar em desafio. Sabia que estava sendo provocado, e sabia que ia dizer sim, sim, você é um mentiroso. As palavras estavam agarradas em sua garganta como cascas secas de inseto.

Mas algumas notas agudas de um canto de pássaro atravessaram a floresta, e todos se enrijeceram.

— É o coro do amanhecer — disse Penumbra, desnecessariamente. Todo mundo sabia o que era. — Acho que a gente deve voltar.

Ventoforte e os outros filhotes sacudiram as asas, concordando, prontos para o vôo.

— É, vão na frente — disse Sombra, com um bocejo casual. — Eu só vou dar uma olhadinha no sol.

A reação deles foi tão satisfatória que ele teve de franzir as narinas para não rir. Todos o encararam em silêncio, com o pêlo entre os olhos eriçados de perplexidade.

— O que você está falando? — zombou Ventoforte.

— Não é possível olhar o sol — disse Yara, balançando a cabeça.

— Bom, eu pensei em experimentar.

Era a primeira coisa, e a mais importante, que se dizia a todos os recém-nascidos. Havia outras regras — regras demais, para Sombra — mas esta era a ensinada com mais ferocidade. Eles *nunca* deveriam olhar para o sol. Era simples e definitivo, assim.

— Você vai ficar cego — disse Jarod. — O sol vai queimar seus olhos e fazê-los caírem.

— Depois vai transformar você em pó — acrescentou Osric, com um certo prazer.

Sombra encolheu os ombros com indiferença régia.

— E tem corujas — disse Penumbra, mal-humorada. Em seguida, olhou ao redor. — A gente devia ir andando.

À distância, Sombra podia ouvir as mães chamando os filhos de volta a Porto-da-árvore. E, então, a voz inconfundível de Ariel, sua mãe:

— Sombra... Sombra... — ele sentiu uma pontada no coração. Ela iria se preocupar. E Sombra já estava encrencado por causa de algumas noites antes, quando pousou no chão (violando outra regra), só para olhar mais de perto uma teia de aranha brilhante. Só por alguns segundos, mas fora descoberto e levou uma bronca feroz diante dos outros filhotes.

— Só uma espiadinha — disse aos outros, olhando para o céu que ia clareando. — Não vou demorar.

— Você é muito esquisito — disse Osric. Mas ali estava, aquele olhar pelo qual Sombra vinha ansiando, um olhar de admiração relutante.

— Ele não vai olhar o sol — disse Ventoforte, irritado. — Só está falando isso.

— Conto a vocês quando voltar a Porto-da-árvore — disse Sombra, lépido. — A não ser que você queira vir, Ventoforte.

Houve um delicioso momento de silêncio, enquanto Jarod, Penumbra, Yara e Osric olhavam cheios de expectativa para seu herói. Um desafio fora lançado, e Ventoforte sabia disso. Cravou uma garra na casca da árvore.

— Bem, não faz mal — disse Sombra, animado, pronto para decolar do galho.

— Espera, eu vou! — disse Ventoforte, e então, com mais ferocidade: — Eu vou com você.

— Sei que isso não passa de algum jogo idiota — disse Ventoforte enquanto eles voavam pela floresta, para longe de Porto-da-árvore. — Vamos ver quem desiste primeiro.

Sombra tinha de fazer força para acompanhar a velocidade do outro, e isso o irritava. Sempre tinha de bater asas com mais força, tinha de se esforçar para não ficar para trás. Odiava o movimento fácil das asas de Ventoforte, mas observava atentamente, tentando copiar.

— Vamos ao topo do morro — falou, esperando não parecer ofegante. — De lá, a gente vê o sol mais depressa. O que acha?

Ventoforte apenas grunhiu, irritado. Depois perguntou:

— E as corujas?

Haveria um tom de preocupação na voz dele? Sombra se sentiu encorajado.

— Só fique perto das árvores, elas nem vão ver a gente.

Outro grunhido.

Sombra podia ver pássaros começando a se agitar nos ninhos e nos poleiros, juntando-se ao coro do amanhecer, afofando as asas. Os pássaros adormecidos eram uma parte normal de seu mundo noturno, mas ele nunca tinha visto muitos acordados, e, agora, alguns cantaram surpresos, enquanto ele e Ventoforte passaram depressa.

Chegaram ao cume e se empoleiraram na ponta da árvore mais alta, grudados junto ao tronco para se esconder. O vale comprido se curvava adiante, uma cobertura contínua de árvores, a não ser pela estrada humana, cheia de poeira, que cortava. Sombra nunca tinha visto nada ali, nenhum humano ou um de seus veículos barulhentos. Eles estavam muito longe da maioria das coisas, pelo que sua mãe sempre dizia.

Agora o coro do amanhecer aumentava, erguendo-se a toda volta.

— Por que você quer ver o sol, afinal?

— Só quero ver.

— Por quê?

— Sou curioso. Você não é?

Uma ligeira pausa.

— Não — outra pausa. — E se ele transformar a gente em pó?

— Ele não transforma nenhuma das outras coisas em pó.

Estava gostando disso: para variar, Ventoforte o escutava; era quase como se precisasse ser tranqüilizado.

— Minha mãe contou a história de um morcego: as asas inteiras, os ossos e os dentes, tudo virou um monte de pó.

— É só uma história.

Mas sentiu no estômago um bolo de medo.

— Vamos voltar — disse Ventoforte, depois de um momento. — Podemos dizer aos outros que vimos. Vamos guardar segredo, certo?

Sombra pensou nisso. Ali estava Ventoforte, pedindo uma coisa a ele. Certamente era agradável, essa sensação de poder.

— Pode ir — disse Sombra. Ele não iria embora. Queria sua vitória sem nenhuma concessão.

Agora o céu estava muito claro no leste, mais claro do que ele jamais tinha visto. Franziu a vista, com uma leve dor penugenta por trás dos olhos. E se as histórias fossem verdadeiras? E se ficasse cego?

— Agora não falta muito — murmurou.

Ventoforte se remexeu no galho, com as asas roçando a casca da árvore.

— Shhh — sibilou Sombra. — Ali — inclinou o queixo.

Havia uma coruja imóvel numa árvore próxima, meio escondida atrás de uma camada de folhas.

— Não está com medo, está? — sussurrou para Ventoforte. — Um morcego parrudo não tem medo de nada.

Sombra estava com medo, mas não achava que a coruja os tivesse visto. Mesmo que tivesse, sabia que ela só tinha permissão de atacá-los quando o sol nascesse. Era a lei. Mas duvidava de que Ventoforte soubesse disso, já que não era o tipo de coisa que as mães contassem aos filhotes. O único motivo para ele saber era que tinha entreouvido sua mãe em conversa com algumas anciãs da colônia, pensando que ele estava dormindo. Era praticamente a única coisa boa de ser pirralho: quando era mais novo, ela o carregava a toda parte, mesmo a reuniões especiais dos adultos. Desse jeito, tinha ouvido um bocado de coisas.

Um pio pavoroso emergiu da garganta da coruja, fazendo o pêlo de Sombra se eriçar. Então, com uma lufada de vento, a coruja se levantou do galho e voou pelo céu, as asas batendo em silêncio.

Sombra soltou o fôlego.

— Eu... eu não posso — disse Ventoforte, e se soltou do galho, voando depressa na direção de Porto-da-árvore. Sombra o viu desaparecer em meio à folhagem. Sentiu-se estranhamente desapontado, e não sabia por quê.

Agora podia ir também.

Sombra tinha vencido.

Mas não bastava. Queria mais alguma coisa, e isso o surpreendeu. Queria realmente ver o sol. Essa coisa absolutamente proibida.

Do outro lado do vale, uma faixa de luz branca se espalhou a partir da linha das árvores. Ficou surpreso ao perceber como aquilo estava demorando. Metade do céu já era de um cinza pálido, e ainda não havia sol? O que ele estava fazendo?

Piscou, virou-se para o outro lado e se pegou olhando direto para uma parede de penas densas. Levantou a cabeça na direção dos enormes olhos sérios de uma coruja empoleirada na ponta de seu galho. Sem emitir qualquer ruído, apertou-se mais contra a casca da árvore, mas sabia que tinha sido visto. As asas das corujas eram silenciosas demais. Podiam se esgueirar sem que fossem notadas. Os olhos da coruja se fixaram nele, e então a enorme cabeça com penas que pareciam chifres girou fantasmagoricamente para o horizonte luminoso, verificando o sol. Sombra deixou sua visão de eco espreitar a coruja, dando uma boa olhada; as penas grossas encobrindo uma força feroz, o bico malignamente curvo que podia rasgar a carne num segundo. E sabia que ela não precisava dos olhos para vê-lo. Como ele, todas as corujas também tinham visão de eco.

Encarou a coruja, odiando-a. Nenhum morcego podia matar uma coruja. Elas eram gigantes, cinco vezes maiores, talvez mais. Ele deveria ter tido mais medo. Era menor, mas podia ir a lugares aonde ela não poderia, por entre aberturas pequenas, entre galhos; poderia se espremer num buraco no tronco de uma árvore; podia se tornar quase invisível contra a casca.

Houve uma súbita agitação de ar atrás dele, e ali estava sua mãe, pairando.

— Voa! — sibilou ela. — Agora!

A voz era tão urgente e tão furiosa que ele a seguiu num instante. Mergulharam morro abaixo, grudando-se à copa das árvores. Ele olhou para trás, por cima da asa, e viu a coruja seguindo-os à distância, com as asas gigantescas balançando-se preguiçosamente. O sol ainda não tinha rompido o horizonte.

Voaram por cima do riacho e a coruja continuou atrás. Sombra sentiu um calor súbito nas asas e olhou. Elas brilhavam. O sol.

— Para as árvores! — gritou Ariel, por cima da asa. — Não olhe para trás!

Ele olhou.

Uma minúscula fatia do sol tinha clareado o horizonte, esparramando uma luz ofuscante no vale. Era tão poderosa, tão intensa que o fez perder o fôlego na hora, e ele teve de fechar os olhos com força.

Grudou-se à mãe com a visão de eco, e a acompanhou, mergulhando abaixo da linha das árvores. O cheiro ruim da coruja se chocou contra ele enquanto as garras da ave passavam assobiando atrás de sua cauda, quase rasgando as asas.

Agora estava entre as árvores, e, ao redor, os pássaros iam acordando e soltando gritos terríveis. Ziguezagueando loucamente pela folhagem, ele se esforçava ao máximo para acompanhar a mãe. Finalmente saíram na clareira. Mas a coruja também saiu, já que vinha acompanhando-os por cima das árvores. Mergulhou na direção deles como uma pedra de granizo. Sombra e sua mãe partiram em direções opostas para evitar as garras; depois se juntaram de novo, disparando para os fortes galhos nodosos de Porto-da-árvore, passando pelo buraco no tronco e entrando na escuridão segura lá dentro.

Porto-da-Árvore

Porto-da-árvore era um carvalho enorme, antiqüíssimo, de casca áspera e raízes grossas e nodosas, projetando-se do chão. Há centenas de anos fora acertado por um raio, que matou a árvore e petrificou o exterior. Os asas-de-prata haviam escavado o grande tronco e os muitos galhos — e, desde então, os usavam como colônia-creche. A cada primavera, as fêmeas voltavam para dar à luz e criar os filhotes. Era perfeito. Havia apenas um punhado de aberturas, buracos de nós, bem escondidos, através dos quais os morcegos voavam todo dia ao amanhecer e ao crepúsculo. Os morcegos faziam seus poleiros nas paredes internas, cobertas de musgo, em fendas, lajes, buracos e dentro da infinidade de galhos que serpenteavam a partir do tronco.

Quando Sombra passou rapidamente com sua mãe pelo buraco de nó, os morcegos pendurados em volta da entrada olharam, temerosos. Lá fora, a coruja gritou de novo, furiosa, batendo na árvore com as garras, uma, duas vezes, antes de voar para longe, piando malignamente. Enquanto fazia um pouso rápido ao lado da mãe, Sombra ouviu o jorro de perguntas acima do barulho do coração disparado.

— O que aconteceu?

— Por que vocês chegaram tão tarde?

— Não ouviram o coro do amanhecer?

— Como escaparam da coruja?

Ariel os ignorou e falou ansiosa a Sombra.

— Você está machucado?

— Acho que não...

Mesmo assim, ela inspecionou suas asas e a cauda, focinhando rudemente as costelas e a barriga para se certificar de que nada estava quebrado nem cortado. Depois dobrou as asas em volta dele e o segurou com força por longo tempo. Sombra percebeu que a mãe tremia, e, quando ela recuou, tinha os olhos brilhantes de ira.

— Por que você fez isso?

Sombra desviou o olhar. Tinha consciência dos outros morcegos perto, sentia o pêlo queimando no rosto. Falou baixo:

— Ventoforte estava sendo... estava falando sobre corujas e como o pai dele lutou com uma, e eu só quis fazer alguma coisa... — ele ia dizer *corajosa*, mas Ariel o interrompeu.

— Foi uma coisa infantil, uma coisa perigosa. — Ela não fez questão de baixar a voz. — Você poderia ter sido morto, só isso. — Ariel movimentou a ponta da asa, provocando um estalo decidido no ar. — E Ventoforte com você.

— Como você sabia sobre Ventoforte?

— Esbarrei com ele, enquanto procurava você.

— Então ele contou — zombou Sombra.

— Sorte sua ele ter contado. — A mãe o encarou. — Foi uma idiotice assim que matou o seu pai.

Por um momento, Sombra não falou.

— Ele queria ver o sol? — perguntou, ansioso.

Ela nunca havia lhe contado isso. Tudo que Sombra sabia sobre a morte do pai era que, na primavera passada, ele estava fora uma noite, longe demais do poleiro, atrasado demais, e uma coruja o caçou à luz do amanhecer e o matou. O nome de seu pai era Cassiel.

Ariel confirmou com a cabeça, subitamente cansada.

— É. Ele vivia falando nisso. Porque era curioso. Não: porque era cabeça-dura, porque não pensava. — Toda a sua raiva retornou. — Isso não vai acontecer com você. Não vou perder meu companheiro e meu filho num ano só. Não vou suportar.

— Por que não me contou? — Sombra ficou subitamente ressentido.

— Não queria lhe dar idéias. Você já tem muitas. — Ariel suspirou e seus olhos perderam a ferocidade. — Tem certeza de que você está bem?

— Por que ele queria ver o sol?

— Prometa que nunca mais vai fazer isso.

— Você fez meu pai prometer?

— Você vai me prometer? — insistiu Ariel.

— Não está certo — disse Sombra, franzindo a testa. — Quero dizer, que as corujas não deixem a gente ver o sol. Você acha justo, mamãe?

Ariel deu um suspiro exasperado e fechou os olhos por um momento.

— Não tem nada a ver com justo, certo ou errado. É só como as coisas... — parou, irritada. — Não vou discutir com você. Faça o que eu mando, é simples. Você não sabe do problema que causou para todos nós.

— Mas por quê? A gente conseguiu fugir, a gente...

Mas não terminou, porque Mercúrio, o mensageiro das anciãs da colônia, fazia uma lenta espiral tronco abaixo, na direção dos dois.

— Vocês estão bem? — perguntou enquanto se acomodava, gracioso, ao lado deles.

— Sim.

— As anciãs estão ansiosas para falar com você. Você tem forças para ir até o poleiro superior ou devo pedir que elas venham aqui?

— Não, eu posso ir. Fique — disse Ariel a Sombra.

— Elas pediram para levar seu filho.

Sombra trocou um olhar rápido com a mãe. Já estivera encrencado antes, muitas vezes. Mas era a primeira que o convocavam para ver as anciãs. Mercúrio voltou a voar e Sombra foi atrás de Ariel, subindo o tronco. Sentia o olhar de uma centena de morcegos enquanto subia, e ficou tremendamente sem graça, mas agradavelmente ruborizado. Em geral, ninguém sequer o olhava duas vezes. Agora tinha importância suficiente para ser chamado pelas anciãs. Olhou ousadamente os rostos curiosos dos espectadores empoleirados. E ali estava Ventoforte ao lado da mãe, mas ele desviou o olhar antes que Sombra pudesse rir, triunfante.

— Você não tem motivo para rir — disse Ariel com rispidez. — Depressa.

Tinham percorrido passagens incontáveis e se aproximavam do topo da árvore, e Sombra sentiu um nó enjoativo no estômago. Nunca estivera tão no alto. O tronco central terminava abruptamente, mas Mercúrio os guiou até um galho que subia direto, dobrando-se e se curvando enquanto se esticava para o céu.

No topo do galho estavam penduradas as quatro anciãs da colônia, falando em voz baixa entre si enquanto Sombra e sua mãe encontravam poleiros ao lado delas. Mercúrio voou até Frida e sussurrou no ouvido dela antes de se retirar até uma pequena fenda nas sombras da câmara, pronto para atender se fosse chamado.

Aurora, Betsabé, Lucrécia e Frida: Sombra sabia o nome das anciãs, mas nunca tinha falado com elas. Só as via de longe, e elas o enchiam de um espanto reverente. Todas eram velhas, há muito não podiam ter filhos, e era estranho para Sombra ver fêmeas no poleiro sem filhotes perto. Frida era a mais velha das quatro e, para Sombra, a mais misteriosa. Sua idade não era conhecida, mas ninguém podia se lembrar de um tempo em que ela não fosse a principal anciã da colônia dos asas-de-prata. Suas asas eram enrugadas, mas ainda ágeis e fortes, e as garras eram nodosas como as raízes de uma árvore antiga, mas malignamente afiadas. Segundo a mãe de Sombra, Frida ainda era uma caçadora feroz. O pêlo em volta do rosto era mais manchado de grisalho do que de prata ou negro, e havia alguns trechos pelados no corpo, provavelmente apenas sinais da idade, mas Sombra gostava de pensar que pelo menos alguns eram velhos sinais de batalha.

A coisa mais misteriosa em Frida era o pequeno aro de metal em volta do antebraço esquerdo. Nenhum outro morcego da colônia tinha um igual. Sombra perguntava freqüentemente à mãe sobre isso, mas ela apenas balançava a cabeça e dizia que não sabia de onde aquilo tinha vindo nem como Frida o havia conseguido. Os outros filhotes também não faziam a mínima idéia. Havia algumas sugestões desenxabidas, mas — e isso sempre enfurecia Sombra — ninguém parecia muito curioso ou interessado: Frida tinha uma pulseira, e, para eles, era só isso.

— Pelo som, vocês escaparam por pouco — disse Frida aos dois. — Mas por que se atrasou tanto, Ariel? O que aconteceu?

— Eu estava procurando o Sombra.

— Ele se perdeu? — Aquela era Betsabé, e sua voz áspera deixou Sombra tenso.

— Não — respondeu Ariel. — Ele fez uma aposta idiota com Ventoforte. Os dois estavam esperando o sol nascer.

— Onde está Ventoforte? — perguntou Frida.

— Em segurança. Teve o bom senso de voltar a Porto-da-árvore antes do nascer do sol.

Sombra franziu a testa e teve de apertar a boca para ficar quieto. O *bom senso*? Ventoforte ficou apavorado, fugiu como uma mariposa amedrontada.

— No entanto o seu filho ficou — disse Frida, fixando os olhos tão intensamente em Sombra que ele teve de olhar para os pés.

— É, e o encontrei bem na hora. Havia uma coruja esperando na árvore, pronta para pegá-lo.

— Mas o sol nasceu antes de vocês chegarem a Porto-da-árvore — disse Betsabé incisivamente.

— Sim — respondeu Ariel com tristeza.

Houve um silêncio breve e terrível no poleiro das anciãs. E quando Betsabé falou em seguida, Sombra não acreditou no que ouviu.

— Então você deveria ter deixado o seu filho para a coruja.

— Eu sei — disse Ariel.

Sombra a encarou, aterrorizado.

— É a lei — insistiu Betsabé.

— Eu conheço a lei.

— Então por que a violou?

Sombra viu a raiva chamejar de novo nos olhos da mãe.

— Eu fiz o que qualquer mãe teria feito.

A traição que Sombra sentira há apenas alguns segundos foi lavada num jorro de orgulho e amor pela mãe. Betsabé começou uma resposta irada, mas Frida abriu as asas com um suave ruflar e a outra anciã ficou quieta.

— Nós sabemos o que você sofreu na primavera passada, Ariel. E com que coragem você enfrentou a perda de Cassiel. E está certa. O que fez foi natural. Mas a lei não é natural: é cruel.

Betsabé guinchou, impaciente:

— Todo mundo ficou triste com a morte de Cassiel. Mas Ariel não é a única que perdeu um companheiro. Muitas de nós perdemos. Você diz que a lei é cruel, Frida, mas ela pode nos ajudar.

A lei nos mantém em segurança à noite, não de dia. Se formos obedientes, podemos pelo menos evitar algumas dessas mortes desnecessárias — ela virou de novo com um olhar duro para Ariel. — Seus atos são egoístas, e você colocou toda a colônia em perigo.

Frida suspirou.

— Acho que pode muito bem ser verdade.

— Por mais terrível que seja — continuou Betsabé, friamente —, se você tivesse deixado seu filho, as corujas iriam pegá-lo, e isso estaria acabado. Agora elas vão se sentir enganadas; vão querer justiça.

Ariel assentiu.

— É, eu sei que a culpa é minha.

— Não — disse Sombra antes que pudesse se conter. Odiava a resignação na voz da mãe, odiava o modo superior como Betsabé a olhava. Como ousava falar assim com sua mãe? Agora todos os olhares estavam grudados nele, e Sombra sentiu os pensamentos girando, inúteis, na cabeça. — Quero dizer, a culpa é minha — falou depressa. — Fui eu... fui eu que quis ver o sol, eu convenci Ventoforte, mas, na verdade, o sol praticamente nem apareceu, por isso não sei por que as corujas ficaram tão chateadas. Desculpe ter causado esse problema, e não sei muita coisa sobre a lei, mas acho que ela é cruel e injusta, como Frida disse.

No silêncio que se seguiu, Sombra desejou, pela primeira vez na vida, poder ser ainda menor do que era, pequeno a ponto de sumir de vez.

— Você obviamente mimou seu filho — disse Betsabé, gélida, a Ariel — e o tornou cabeça-dura e insolente. Você não disse como o sol é perigoso?

— Ele não me transformou em pó — murmurou Sombra. Não podia acreditar que tinha feito isso de novo, deixando as palavras escorrerem para fora.

— O quê? — perguntou Betsabé.

— Nem me cegou — murmurou Sombra. — O sol. Aquilo não passava de histórias.

— Já chega, Sombra — disse a mãe, incisivamente. — Eu vou castigá-lo — disse a Betsabé.

Betsabé fungou, sem se impressionar.

— De pouco vai servir, se as corujas exigirem compensação.

— Mais tarde nós nos preocupamos com isso — disse Frida, séria. — O garoto só fez o que muitos de vocês gostariam de fazer, ou talvez tenham se esquecido. Ele é jovem e tolo, claro, mas não sejam tão rápidas em julgá-lo. Obrigada, Ariel e Sombra. Vão descansar.

Frida virou de novo o olhar penetrante para ele, e Sombra se sentiu estranhamente iluminado. Espiou de volta os olhos escuros da anciã, por apenas alguns instantes (o máximo que pôde suportar) antes de baixar, humilde, a cabeça e murmurar uma despedida.

Quando Sombra e sua mãe deixaram o poleiro das anciãs, a maior parte da colônia já dormia, pendurada nos poleiros, os filhotes apertados contra as mães, envolvidos em suas asas.

— Lave-se — disse a mãe, quando eles se acomodaram de novo no poleiro.

Sombra começou a lamber o pó e a sujeira das asas. A coruja já parecia uma coisa muito antiga, mas ele conjurou as batidas silenciosas das asas do pássaro, o rápido assovio das garras relampejantes.

— A gente fez uma fuga fantástica, não foi? — disse ele.

— Empolgante — respondeu a mãe, irritada.

— Eu realmente vi o sol, sabe?

A mãe assentiu, séria.

— Não está interessada?

— Não.

— Continua com raiva de mim?

— Não. Mas não quero que você seja como o seu pai.

— Não há muita chance disso — Sombra fez uma careta. — Ele era um morcego grande, não era?

— Era. Um morcego grande. Mas, um dia, você também pode ser.

— Posso. — Não era muito satisfatório. Ele parou de se lamber e levantou a cabeça. — Mamãe, um morcego não consegue matar uma coruja, não é?

— Não. Nenhum morcego consegue.

— Certo — confirmou Sombra com tristeza. — Elas são grandes demais. De jeito nenhum um morcego poderia fazer isso.

— Esqueça o que Ventoforte disse.

— É.

— Aqui tem um lugar grande que está sujo. — A mãe chegou mais perto e começou a passar as garras suavemente no pêlo de suas costas.

— Posso limpar — afirmou Sombra, mas sem muita vontade. Relaxou os ombros doloridos, enquanto a mãe ficava penteando seu pêlo. Um maravilhoso sentimento de flutuação o acalentou, e ele se sentiu seguro, quente e feliz, e desejou que sempre fosse assim. Mas, quando fechou os olhos, a imagem do sol nascente, aquela fatia ofuscante de luz, ainda queimava o fundo de suas pálpebras.

Sombra tentou lamentar o que tinha feito, mas não era fácil, especialmente ao perceber que era famoso, pelo menos entre os filhotes. No início da noite seguinte, Osric, Yara, Penumbra e vários outros exigiram que Sombra contasse tudo o que tinha acontecido com a coruja, e ele adorou fazer a vontade dos outros, quase sempre se atendo à verdade, mas, de vez em quando, melhorando-a com alguns detalhes inventados. Ventoforte ficou longe, e Jarod também. Mas Sombra sabia que todos voltariam para eles.

Porém, não teve muito tempo para aproveitar a nova fama, porque logo o abrigo se esvaziou, enquanto todos os morcegos partiam para a caçada noturna, e Sombra teve de ficar para trás. Isso fazia parte da punição: ele estava de castigo. Tinha de ficar em Porto-da-árvore a noite inteira com os morcegos velhos e chatos, que eram fracos demais para caçar grande coisa e preferiam ficar lá dentro mesmo. Durante uma hora, à meia-noite, teria permissão para sair. Mas mesmo assim sua mãe ficaria ao lado, e ele não poderia se afastar do abrigo. Não ficou muito chateado com isso, já que sabia que estariam saindo de Porto-da-árvore dentro de duas noites para a viagem, e o castigo estaria acabado.

Mesmo assim, não desperdiçaria o tempo. Dentro do tronco, treinou decolagens e pousos; mirava pedaços de musgo com a visão de eco, fingindo que eram mariposas-tigre, e mergulhava para a matança. E o tempo todo pensava. No sol, nas corujas. E no pai que, como ele, quisera ver o sol.

Com o passar dos meses, havia praticamente ensurdecido a mãe com perguntas sobre Cassiel, como ele era, como agia. Por mais que tentasse, nunca pudera sentir uma ligação com o pai. Mas agora, sabendo como ele havia morrido, sentiu um frágil fio de aranha passando entre os dois. Era apenas um pirralho, mas quisera ver o sol, como o pai.

Estava recuperando o fôlego depois de um mergulho espetacular quando sentiu o ar se agitando em volta. Olhou e viu Frida pousando ao lado.

— Fale do sol — disse ela.

A língua de Sombra ficou pesada demais. A principal anciã da colônia o encarou com aqueles olhos penetrantes. As asas dela estalaram ao serem dobradas em volta do corpo e ele percebeu um cheiro ligeiramente mofado, o cheiro da idade, supôs. Mas Frida sorriu e seu rosto se franziu em volta dos olhos, e Sombra ficou menos nervoso.

— Bem, eu vi — começou hesitante, e, então, foi em frente e disse tudo que pôde lembrar. Não era muita coisa, mas se sentia ansioso para contar; na verdade, estava adorando. Sua mãe certamente não se importaria. Frida ouviu com atenção, assentindo de vez em quando.

— A senhora também já viu, não viu? — perguntou Sombra, num impulso.

— Você está certo, eu vi. Há muito tempo.

— Ele é redondo, não é, como a lua?

— É. Porém maior.

Sombra balançou a cabeça, pasmo. Nem podia imaginar como seria o brilho.

— Então a senhora simplesmente quis ver? Como eu?

Ela assentiu.

— Quando eu era jovem, muitos de nós queríamos. Alguns estavam dispostos a morrer por isso. Não era como agora. Eles não se importam. Podem achar a lei injusta, mas não estão dispostos a lutar contra ela. Como Betsabé. E, de certa forma, são sensatos. Veja seu pai, veja o que quase aconteceu com você e Ariel.

— Por que não temos permissão de ver o sol? Bom, eu sei que é a lei, mas por quê?

— Somos criaturas banidas, Sombra, somos assim há milhões de anos.

— Banidas?

— Castigadas, expulsas.

— Por quê? O que fizemos?

— É mas fácil você ouvir pessoalmente. Venha comigo.

A Câmara de Ecos

No amanhecer anterior, Sombra tinha ido ao ponto mais alto de Porto-da-árvore, e agora Frida o guiava até as profundezas. Desceram em espirais por todo o grande tronco, e de novo Sombra se maravilhou com o tamanho da árvore. Desceram e desceram até pousar no fundo coberto de musgo. Ele percebeu como ali era muito mais frio, e o cheiro forte de terra e madeira. Achava que tinha explorado cada centímetro retorcido de Porto-da-árvore, cada passagem e cada buraco, mas nunca havia notado aquele pequeno arco de madeira nodosa para onde Frida ia, andando de quatro.

Acompanhou-a descendo e, logo, soube que estava embaixo da terra. Seus ecos ricocheteavam fortes nas paredes da passagem estreita.

— Cá estamos — disse Frida logo adiante.

O piso do túnel desapareceu, Sombra abriu, satisfeito, as asas, e desceu voando numa caverna enorme. Sentiu o frio escorrendo pelas paredes de pedra: era inverno. E, então, escutou o vento — ou, pelo menos, achou que fosse o vento. Mas, ao empinar as orelhas, prestando mais atenção, percebeu que eram vozes, vozes de morcegos, muitas, murmurando umas por cima das outras, como uma brisa fantasmagórica atravessando as folhas. Isso fez a pele sob os pêlos se arrepiar.

— Quem está aqui embaixo? — perguntou hesitando.

— Ninguém. Vou mostrar.

— Há vozes...

— Você vai ver. Por aqui.

Frida o guiou ainda mais para baixo, até o fundo da caverna, e pousou numa laje estreita. Num pequeno nicho na pedra áspera, Sombra viu um painel de lama e folhas amassadas. As vozes vinham de trás daquilo.

— Agora depressa — disse Frida, e empurrou com o focinho o centro macio do painel.

Sombra não sabia o que esperar. Talvez um coro lamentoso de fantasmas, talvez apenas um, com mil bocas chorando. Estava numa caverna surpreendentemente pequena, redonda e deserta. Mas não estava de fato deserta. Ao redor, como correntes de ar quente, havia vozes gemendo em seus ouvidos, sendo apanhadas no pêlo, nas asas.

— Dobre as asas, aperte com força e fique imóvel — disse Frida, fechando cuidadosamente o painel de lama atrás de Sombra.

Ele mal respirava. Mesmo assim as vozes pareciam fracas e distantes, mas agora dava para ouvi-las com mais clareza enquanto redemoinhavam.

— ... no inverno daquele ano...

— ... corujas se vingaram...

— ... quinze recém-nascidos morreram na creche...

— ... rebelião esmagada após a batalha...

E Sombra percebeu que eram ecos ricocheteando nas paredes da caverna, de novo e de novo.

— Veja como as paredes são lisas — sussurrou Frida. — Demorou anos para fazer, para polir. Gerações. Mas tinham de ficar lisas, caso contrário os ecos iriam se agarrar e sumir. Aqui, eles podem ricochetear durante séculos. Não é perfeito. O som escapa, mesmo através da porta construída com tanto cuidado, e da qual cuido a cada primavera. O som fica velho, perde a força.

— Para que serve?

— Esta é toda a história da colônia dos asas-de-prata. Bem aqui. A cada ano, uma das anciãs é nomeada para cantar as histórias do ano para as paredes, e as histórias ficam aqui.

— Como vocês conseguem entender todas? — quis saber Sombra, com as orelhas saltando de um fiapo de som ao outro. Sua mente estava atulhada e confusa.

— É preciso um certo talento. Concentração, paciência. Poucos conseguem, mas tenho um sentimento com relação a você... aqui, deixe-me ajudar. — Sombra ficou olhando enquanto a anciã girava as orelhas, os olhos saltando como se procurassem insetos. — É, aqui está, a história mais antiga de todas... Pegue... concentre-se...

Sombra levantou a cabeça de encontro à de Frida, com os olhos fechados, orelhas bem empinadas, e, de repente, havia uma voz dentro de sua cabeça, tão clara, tão fazendo parte dele que ele pulou para trás e achatou as orelhas para escapar.

— É uma sensação estranha, não é? — disse Frida.

— Entra dentro da gente — respondeu ele, sem graça.

— Tudo bem. Tente de novo.

Ele se retesou, enquanto o som fluía para dentro, mas, dessa vez, segurou-se.

Veio a voz:

— Há muito tempo, há milhões e milhões de anos, o mundo era um lugar vazio. — Era uma voz feminina, firme e melodiosa, e Sombra teve uma sensação estranhíssima ao pensar que aquelas palavras tinham sido faladas há tanto tempo, e agora ele estava escutando, como se pela primeira vez. Ouviu atentamente, os olhos fechados com força.

— Havia apenas Noturna, o Espírito Alado, cujas asas cobriam todo o céu da noite, *eram* o céu da noite, e continham as estrelas, a lua e o vento. Uma das criaturas moldadas por Noturna...

As palavras se esvaíram, e, sem aviso, a mente de Sombra ficou cheia de imagens. Um mundo brilhante e prateado se acendeu, tão claro quanto a visão de eco à noite.

Os olhos de Sombra, surpresos, abriram-se:

— O que está acontecendo?

— Imagens de eco — disse a anciã, com paciência. — Vemos através dos ecos, e, com treino, também é possível cantar imagens de eco, dentro da cabeça dos morcegos.

— É tão real!

— Escute. Você vai perder, se não tiver cuidado.

Sombra fechou os olhos e soltou o ar aos poucos, deixando o mundo prateado encher sua mente de novo.

O início do mundo — e ele estava lá, assistindo.

Voou, passando por mil pássaros diferentes, roçou acima de milhares de animais terrestres de muitas espécies. A terra soltava vapor. Ele quase podia sentir a quentura, a novidade das coisas.

Sombra viu morcegos se alçando das árvores, abrindo caminho pelo ar.

E era dia.

O sol queimava alto no céu.

— Na época, tínhamos permissão — murmurou ele, incrédulo. — Tínhamos permissão de ver o sol!

A cena mudou abruptamente, e Sombra estava no topo de uma árvore gigantesca, e, ao redor, havia uma batalha imensa. Pássaros mergulhavam contra os animais terrestres, lutando com garras e bicos, levando para longe as vítimas menores e largando-as para morrer. Mas os animais terrestres lutavam de volta, saltando e mordendo os pássaros, esmagando-os com garras enormes. Os animais escalaram as árvores, destruindo ninhos, batendo nos pássaros que estavam nos galhos.

Sombra baixou os olhos, horrorizado, e viu um felino subindo a árvore em que ele estava, vindo em sua direção, e gritou apavorado.

Mas subitamente estava mais alto no céu, vendo as coisas de uma distância enorme, segura.

— Uma guerra! — exclamou Sombra, cheio de agitação, para Frida, com os olhos ainda fechados, observando.

— A Grande Batalha dos Pássaros e dos Animais Terrestres — ouviu Frida dizer.

— Mas, por quê?

— Ninguém sabe o que provocou.

Sombra notou alguma coisa.

— Onde estão os morcegos?

— Nós nos recusamos a lutar. Cada um dos lados pediu que nos juntássemos a ele. Mas recusamos.

As imagens prateadas em sua cabeça mudaram de novo, e Sombra voava sobre uma floresta devastada, as árvores nuas e partidas, a terra marcada por buracos e trincheiras dos animais. Sabia que a batalha devia ter acontecido por longo tempo, anos e anos.

Desceu voando sobre um grande campo e viu animais terrestres e pássaros juntos, fazendo algum tipo de reunião importante.

— O tratado de paz — ouviu Frida dizer. Ela estava escutando com ele.

Os morcegos também estavam lá, e todas as outras criaturas pareciam furiosas com eles, gritando e apontando. Uma grande coruja abriu as asas, num gesto de censura, e um lobo enorme inclinou a cabeça para trás e uivou. Os morcegos voaram, espiralando no ar, espalhando-se pelo céu.

E, de repente, era noite.

— O que aconteceu? — gritou Sombra.

— Os animais terrestres nos culparam por terem perdido a batalha; os pássaros nos rotularam de covardes por termos nos recusado a lutar. Ouça.

A voz que Sombra havia escutado no início voltou à sua cabeça.

— Durante milhões de anos, vivemos no escuro. Agora, a luz do sol dói nos nossos olhos. O Espírito Alado, Noturna, ficou com raiva das outras criaturas por terem nos banido. Ainda que não pudesse desfazer o que estava feito, deu-nos novos dons para nos ajudar a sobreviver: escureceu nosso pêlo, para desaparecermos na noite; deu-nos a visão de eco, para podermos caçar no escuro. Mas o maior dom de todos foi a Promessa.

Houve um breve silêncio, e depois:

— Há muito tempo, há milhões e milhões de anos, o mundo era um lugar vazio...

A mensagem completou um círculo, e Sombra virou a cabeça para longe do jorro de eco. Sentia-se como se tivesse estado longe por muito tempo.

Virou-se para Frida. Já ouvira falar de Noturna, todos os filhotes tinham ouvido, o misterioso Espírito Alado que criou tudo. Mas ouvira tantas coisas novas, e estava tão atulhado de emoções, que mal sabia por onde começar.

— Não fizemos nada! — exclamou. Ele havia esperado alguma coisa terrível, algum crime que o faria estremecer e sentir vergonha de seus ancestrais. — Eles nos baniram só porque não tomamos partido na guerra!

— Para os pássaros e os animais terrestres, fomos covardes e traidores.

— Mas, antes disso, podíamos mesmo voar de dia?

— Acho que sim.

— O que é a Promessa?

— Ela está aqui, também — disse Frida, girando a cabeça pela câmara de ecos. — Vejamos se podemos achar. É um dos mais antigos...

Sombra sabia que Frida poderia achá-lo num segundo, e que tentava lhe ensinar o uso da câmara de ecos. Juntos, examinaram os torvelinhos de som, e logo Sombra descobriu que todos eram diferentes. As mensagens mais novas eram mais claras e ligeiramente mais altas; as antigas tinham um leve chiado, com palavras e imagens ocasionalmente abafadas ou totalmente obscurecidas.

— Você está chegando perto — disse Frida.

Ele achou uma história escorrendo pela base da caverna, bastante fraca. Prestou atenção, captou algumas palavras.

— É essa?

Frida inclinou a cabeça, franziu os olhos e assentiu.

— Muito bem.

Sombra se agarrou ao eco e deixou a história preencher sua cabeça. Desta vez era outra voz, pouco firme, velha, mas cheia de uma espécie de esperança radiante.

— Esta é a história da Promessa de Noturna. Passou de morcego a morcego por mais de um milhão de anos, e falo a estas paredes para que as futuras gerações de asas-de-prata saibam o que aconteceu e o que virá. A promessa foi feita há muito tempo...

Sombra estava numa floresta muito antiga, espiando por cima dos campos. Não havia morcegos à vista. Estava sozinho no meio do dia, com o sol alto no céu. De repente, a escuridão escorreu por sobre a terra, como se um morcego gigante estivesse lentamente desdobrando as asas e bloqueando a luz. Os animais terrestres se encolheram, aterrorizados. Os pássaros gritaram e fugiram para o abrigo das árvores.

O sol desapareceu.

Não desapareceu exatamente, mas, para Sombra, era como se um gigantesco olho preto tivesse se aberto na frente dele. O olho de Noturna. Foi o primeiro pensamento que brotou em sua cabeça. Só restava a borda externa do sol. E ele estava olhando para lá.

O aro chamejante de luz prateada.

Tão luminoso que, mesmo como uma imagem na mente, fez seus olhos arderem.

De repente, havia morcegos saindo dos abrigos, e Sombra estava no meio, um êxtase de asas. Enovelaram-se no céu, depois se separaram, redemoinhando debaixo daquele aro prateado.

Era a primeira vez, em mil anos, que estavam do lado de fora, durante o dia.

O céu escuro começou a falar, e Sombra sentiu cada centímetro de seu corpo pinicando. Sabia, sem dúvida, que aquela era a voz de Noturna, dirigindo-se aos morcegos há muito tempo.

— Um dia, seu banimento vai terminar e a lei cruel será quebrada. Vocês não precisarão mais temer as garras das corujas ou as mandíbulas dos animais terrestres. E serão livres para voltar à luz do dia.

O aro de prata no sol se desbotou lentamente, e, então, um silêncio negro preencheu a cabeça de Sombra.

O eco começou a se repetir, e Sombra o afastou com um tremor, perguntando ansioso a Frida:

— Vai haver outra guerra? É isso que significa?

— Talvez. Não sei.

— Quando? Quando vai acontecer?

A anciã dos morcegos balançou a cabeça.

— Talvez não no meu tempo de vida, ou no seu. — Frida fez uma pausa. — Mas acho que será mais cedo do que isso.

— Por quê? — perguntou Sombra, espantado.

— Por causa disto — disse Frida, desdobrando a asa e revelando o aro prateado no antebraço.

Sombra ficou boquiaberto, como se o visse pela primeira vez. Lembrou-se da imagem da história no eco: o sol sendo coberto pelo olho preto de Noturna, de modo a restar apenas um aro chamejante de luz. Uma pulseira de prata. Como a que estava no antebraço de Frida.

— Você vê, não é? — perguntou Frida.

Ele assentiu.

— Como a senhora conseguiu isso?

— Os humanos me deram quando eu era jovem. Na verdade, não muito mais jovem do que você. Uma noite, estávamos na floresta, dois morcegos; eles nos pegaram, prenderam os aros e nos soltaram. Acredito que seja um sinal, Sombra. Um sinal de que a Promessa está para se realizar. Não sei qual o papel que os humanos representarão nela, mas acredito que eles virão nos ajudar de algum modo.

Sombra lançou um delicado jorro de som para a pulseira e captou marcas humanas ao longo da borda. Só podia imaginar o significado daquelas coisas estranhas, as curvas e bordas nítidas. Já vira os rabiscos das corujas, e os hieróglifos dos guaxinins, mas estes eram muitíssimo mais complicados.

— Posso? — perguntou.

— Sim, claro — respondeu Frida, estendendo o antebraço.

Sombra tocou o aro com a ponta da garra.

— Os humanos deram pulseiras para mais alguém?

— Não por longo tempo, tanto que eu comecei a imaginar se elas significavam alguma coisa. Mas, há dois invernos, eles voltaram e colocaram pulseiras em alguns machos.

— Meu pai — disse Sombra instintivamente.

— Ariel contou a você, foi?

— Não. Ela não fala muito sobre ele.

Frida assentiu.

— Costumávamos contar essas histórias a todos os filhotes, as histórias que você acabou de ouvir. Isso foi há anos. Mas a maioria dos anciãos achou que deveríamos parar. Não adiantava falar da Promessa, diziam, alguma coisa que talvez nunca aconteceria. É o que Betsabé acha. Eles não queriam mais derramamento de sangue. Uns quinze anos antes de você nascer, houve uma rebelião, mas os morcegos não tinham a menor chance contra as corujas. Mesmo assim, lutaram. Ou melhor, lutamos.

— A senhora lutou? — perguntou Sombra, olhando de novo as cicatrizes no corpo de Frida.

— Tive sorte de escapar com vida. Depois disso, os anciãos simplesmente quiseram ficar na noite e esquecer que já tiveram a liberdade de voar de dia. A maior parte dos morcegos acha que eles estão certos, e não posso culpá-los. Faz sentido. Mas alguns morcegos simplesmente não conseguem abandonar a idéia do sol, da liberdade. Eu sou assim. E seu pai também era.

— Mamãe disse que ele foi morto por corujas.

— Voou para algum lugar algumas noites antes de começarmos a viagem de volta para o norte. Não contou a ninguém aonde estava indo, pelo menos eu nunca soube. Talvez tenha contado a algum dos outros. Só sei que havia alguma coisa que ele queria descobrir, sobre as pulseiras, sobre os humanos, talvez. E nunca voltou. Antes dele, houve uns dois que também desapareceram.

— Mamãe só disse que ele foi idiota porque queria ver o sol.

— Sei que ela jamais concordou com o ponto de vista dele. E ela quer proteger você, Sombra. Talvez Ariel não tenha lhe contado toda a verdade, mas suspeito de que haja muita coisa que Cassiel também não contou a ela. Tente não ficar com raiva de sua mãe.

— A gente devia lutar — disse Sombra com uma fúria súbita, gélida. Como os asas-de-prata podiam ser tão fracos? Deixando as corujas, os outros pássaros e os animais terrestres dizerem o que fazer durante milhões de anos. Que direito tinham? — Se todos os morcegos lutassem, a gente poderia...

Mas Frida estava balançando a cabeça.

— Não, nem mesmo seu pai achava isso, Sombra. Ele sabia que não venceríamos uma batalha, isso era óbvio. Cassiel achava que outra coisa aconteceria, alguma coisa de que precisávamos.

Sombra desviou o olhar, com vergonha da explosão. Sentia-se muito cansado, como se tivesse vivido todas as histórias da câmara de ecos.

— Por que a senhora me mostrou tudo isso?

Qual era o sentido? Ele não poderia fazer nada para mudar o passado, trazer o pai de volta, ou mesmo para mudar o futuro. Era um pirralho numa colônia de asas-de-prata no meio de lugar nenhum.

Frida sorriu, e ele não achou mais que as rugas fundas no rosto dela fossem tão amedrontadoras.

— Você não é como os outros. Vejo alguma coisa, uma espécie de inteligência que não quero que seja abafada. Você é curioso. Quer saber das coisas. Eu o estive observando. E você é um bom ouvinte: consegue ouvir coisas que ninguém mais pode. E isso é muito mais importante do que o seu tamanho, Sombra.

Sombra ficou ruborizado com o elogio. E só desejou ser capaz de acreditar. Tinha tantas outras perguntas que queria fazer! Mas houve um agitar de asas do lado de fora da câmara de ecos, e Sombra escutou a voz de Mercúrio.

— Frida — disse o mensageiro ansioso. — As corujas estão vindo. E elas têm fogo.

Incêndio

Sombra circulou, ansioso, acima do topo de Porto-da-árvore com Frida e Mercúrio, olhando as corujas voarem em sua direção. Vinham alto no céu, umas 35, talvez quarenta, em formação de ponta de flecha, e o silêncio fantasmagórico de suas poderosas batidas de asas deixou Sombra enauseado. Traziam nas garras gravetos compridos e finos, com as pontas brilhando como estrelas perigosas. Fogo. Sombra olhou horrorizado. Só as corujas tinham fogo. Há centenas de anos, elas haviam roubado um pouco dos humanos e guardado, aceso, em ninhos secretos no fundo da floresta.

— Mercúrio — disse Frida, com uma calma espantosa —, vá espalhar a notícia pela floresta e diga a todo mundo para se abrigar lá. Diga que não deve haver luta. Sombra, entre e se certifique de que todos saiam do abrigo.

Sombra engoliu em seco.

— Entendeu? — perguntou Frida.

— Sim.

— Você sabe o que pode acontecer?

Ele concordou ferozmente e saiu voando, grato por ter o que fazer. Mergulhou de novo dentro de Porto-da-árvore, gritando o alerta:

— Saiam do abrigo! Saiam do abrigo!

Pôs toda a energia na tarefa, tentando não pensar no fogo nas garras das corujas. Começou embaixo e foi subindo, dardejando por cada curva dos galhos para se certificar de não perder ninguém.

— Saiam do abrigo! Todos para fora!

E tudo isso por causa dele, era culpa sua. Por sorte, a maioria estava fora, caçando; os morcegos que continuavam dentro eram velhos e frágeis, e ele teve de cutucar alguns para acordarem, e precisou ajudá-los a ir para as saídas, explicando depressa.

Seu pêlo tinha gotas de suor, ao voltar, juntando-se a Frida.

— Todos saíram — ofegou.

— Bom — disse Frida, olhando para as corujas. Elas ainda estavam bem no alto, mas agora diretamente acima, circulando. Uma coruja se destacou do grupo e começou a descer lentamente. Sombra notou que era a única que não tinha fogo nas garras.

— Agora, vá — disse Frida. — E se abrigue na floresta, com os outros.

— O que a senhora vai fazer?

— Conversar com a coruja.

Sombra hesitou. Queria ficar. Queria ajudar. Uma anciã dos morcegos contra aqueles gigantes alados...

— Talvez eu devesse...

— Vá! — respondeu Frida, ríspida, batendo as asas e mostrando dentes surpreendentemente afiados.

Sombra foi, mas não para longe, apenas até a árvore mais próxima. Cravou as garras na casca e se pendurou de cabeça para baixo, olhando Frida e a coruja enorme, que agora se acomodava ao lado dela no topo de Porto-da-árvore.

— Brutus — disse Frida com um respeitoso gesto de cabeça.

— Frida Asa-de-prata — foi a resposta da coruja, tão profunda que parecia o ribombo de um trovão.

— Você trouxe soldados e fogo, Brutus. Por quê?

— Você sabe por quê. Viemos pegar o morcego que viu o sol.

Sombra sentiu as palavras da coruja estremecerem em seus ossos e prendeu o fôlego, esperando a resposta de Frida. Ela parecia tão pequena ao lado da coruja!

— Vocês não podem guerrear conosco à noite, Brutus. É a lei.

Sombra tinha consciência de outros asas-de-prata em volta dele nas árvores próximas, pendurados atrás de folhas, encolhidos nos galhos, espremendo-se contra a casca. Centenas de olhos escuros, temerosos e atentos, olhavam Frida e Brutus.

— A lei já foi violada — disse Brutus. — Estamos aqui para exigir justiça. Peço de novo, e será a última vez. Dê-nos o garoto.

Sombra sentiu as entranhas se derretendo.

— O garoto é apenas um filhote e não sabia das coisas. Sem dúvida, vocês podem desculpar a tolice dele, só por esta vez.

— A lei não faz exceções.

— Deixe as corujas levarem o filhote! — Era Betsabé, voando da floresta e pousando ao lado de Frida. — Brutus está certo. A lei foi violada, e o garoto deve pagar o preço.

Sombra podia sentir os olhos dos outros morcegos nele, e parecia queimar sob os olhares, como se fosse apanhado na claridade do sol. Será que queriam que ele se entregasse? — imaginou com um nó enjoativo no estômago. Era isso?

— Você sabe que estou certa, Frida — continuou Betsabé. — Uma vida paga pela lei. E protege todos nós. Onde está o garoto?

Sombra, esperançoso, lançou uma teia de som e captou a silhueta que revelava o rosto e os ombros de sua mãe pendurada de cabeça para baixo. Ariel se virou para ele e seus olhares se encontraram por entre uma trama de galhos e folhas. Nunca se sentira tão sozinho.

Olhou de novo para as corujas. Sabia o que elas iam fazer se ele não se entregasse. Todos os outros morcegos o consideravam um pirralho, encrenqueiro, e agora achariam que era covarde. A culpa era sua: que opção existia? Fechou os olhos, respirou fundo, retesou-se e se preparou para voar. Mandíbulas se prenderam com força às patas traseiras, puxando-o para trás, e ele bateu no pêlo quente de Ariel.

— Não ouse — sibilou ela, feroz.

Sombra nem ouviu quando a mãe pousou.

— As corujas têm fogo — afirmou ele. — Se eu não fizer isso, elas vão...

— Elas podem me levar, em vez de você.

Sombra balançou a cabeça num horror mudo, e, finalmente, percebeu o perigo em que estavam. As corujas queriam um sacrifício, e a idéia de que poderia ser sua mãe e de perdê-la... era aterrorizante demais. Para sempre, como seu pai. Encostou-se em Ariel, cravando as garras no pêlo.

— Não! — sussurrou, com ferocidade.

— Não!

Era a voz de Frida vindo do alto de Porto-da-árvore. Sombra e sua mãe se viraram para olhar. As asas da anciã estavam abertas, furiosas, e ela ficou de pé sobre as patas traseiras, os dentes à mostra, não para Brutus, mas para Betsabé.

— Você parece ter esquecido — atalhou em tom de desprezo à outra anciã. — Até eu morrer, sou a anciã principal, e não você. Sou a voz da colônia, então ouça-a. Ninguém levará o garoto. Nem mais ninguém. — Ela se virou para Brutus. — Esta é minha resposta final.

Os olhos enormes da coruja ficaram sombrios.

— Sua escolha é insensata. — Ela bateu as asas e se ergueu de Porto-da-árvore, girou o pescoço e gritou para as companheiras numa língua que Sombra não entendeu. Então, enquanto voava mais alto, Brutus gritou de volta para Frida: — Você deu sua resposta, aqui está a nossa.

Com um grito terrível, quarenta corujas mergulharam na direção de Porto-da-árvore, com fogo ardendo nas garras. Sombra viu Frida e Betsabé saltarem para longe, enquanto as corujas lançavam os gravetos contra a árvore. E as chamas saltaram ao tocar a casca. Ela não pode queimar, pensou Sombra desesperado. Ela foi acertada por um raio, e não pode queimar de novo. Mas queimou. Fagulhas se grudaram à armadura enegrecida da árvore, ao longo dos galhos, e subiram pelo tronco.

Precisava parar com isso. Antes que a mãe pudesse segurá-lo, Sombra se lançou no ar e mergulhou na direção de um retalho luminoso de fogo. Bateu nele com as asas abertas, de novo e de novo, até apagá-lo. Podia fazer isso, podia apagar o fogo e salvar Porto-da-árvore. Olhou em volta, frenético, e se lançou contra outra área que pegava fogo. Com o canto do olho viu a mãe e dezenas de outros morcegos saltarem dos esconderijos na floresta e voarem para o abrigo amado. Seu coração se animou.

— Apaguem o fogo! — alguém gritou. — Apaguem o fogo!

Mas as corujas estavam esperando e fizeram os morcegos voltar batendo com as asas, como se eles fossem gotas de chuva. Não atacavam com as garras; o objetivo era apenas manter os morcegos longe da árvore. Apenas alguns conseguiram atravessar e lutar contra as chamas. Sombra terminou de apagar outro fogo pequeno, rodeou o tronco grosso e quase trombou com uma coruja. Desviou-se no último instante. A coruja não o notou. O pássaro gigantesco estava pairando, batendo as asas, à procura de alguma coisa.

À procura de uma entrada.

Havia fogo em suas garras. Ela encontrou o buraco, pequeno demais para entrar, mas... com um tremor, Sombra entendeu. A coruja voou até o buraco e começou a enfiar o graveto aceso.

Uma raiva terrível tomou conta de Sombra, enchendo sua cabeça com um negror. Lançou-se contra o graveto aceso e o segurou com as garras e os dentes, tentando arrancá-lo da coruja. Mas não adiantava. A coruja sacudiu uma asa e jogou Sombra contra o tronco. Ele percebeu que estava caindo no escuro, depois sentiu um baque surpreendentemente suave, e foi apenas o calor intenso que o trouxe de volta à consciência.

Abriu os olhos e saltou para trás, afastando-se do musgo incendiado na base da árvore. Com as asas chamuscadas bateu no fogo, mas ele não se apagou. As chamas ficaram maiores, cuspindo fagulhas que caíram em seu pêlo e queimaram a carne.

— Sombra, pára! — Era sua mãe, puxando-o.

— Tenho de ir!

— Você não pode apagar o fogo.

Mesmo assim, Sombra lutou, enquanto Ariel o arrastava em meio ao manto de fumaça, subindo para o ar. Sombra sabia que ela estava certa. Porto-da-árvore era uma coluna de fogo. E dos buracos de nós — as entradas que ele sempre considerou tão secretas e seguras — saltavam compridas línguas de chamas. A casca estalava, a madeira antiga ofegava. Não haveria como parar.

As corujas foram embora.

Com o corpo doendo, Sombra se juntou à multidão imóvel de morcegos nas copas das árvores. Desejou ser cego, para não ver o rosto deles, os olhares de choque e raiva, ou o modo como as mães envolviam os filhos com as asas, como se ele pudesse feri-los só de olhar.

Ficou olhando, atordoado, incrédulo e exausto, enquanto as chamas e a fumaça densa subiam do lar condenado. Toda a raiva feroz o abandonou e foi substituída por uma fúria lenta, fria: era o que as corujas faziam. Mataram o meu pai. E agora destruíram o meu lar, o nosso lar.

— Você teve sorte de não perder uma asa — balbuciou Ariel, ao seu lado.

Ele grunhiu, não se importando.

Notou que os outros morcegos se afastavam dos dois e andavam para outros galhos, voando silenciosos até outras árvores. Não o tinham visto lutando contra o fogo? Ele fizera o máximo para impedir!

— Asas-de-prata! — Era Frida voando acima. — Devemos partir para nosso Abrigo de Pedra. Se formos agora, poderemos cobrir metade da distância antes do amanhecer e encontrar abrigos temporários no caminho.

— Você nos traiu, Frida! — gritou Betsabé, alçando-se e circulando furiosa. — Olhe as ruínas de nosso lar. Asas-de-prata, vocês ainda escolhem Frida como sua chefe? A grande chefe que deixou nossa casa queimar totalmente! Falem!

Houve na multidão alguns murmúrios de descontentamento, mas nenhuma voz se ergueu o suficiente para se destacar.

— Meu poder só existe enquanto for dado por vocês — disse Frida. — Mas me deixem dizer o seguinte: sofremos uma perda terrível esta noite. Perdemos Porto-da-árvore, nossa creche por centenas de anos. Mas ninguém foi morto; não perdemos um único membro de nossa colônia. Então lhes digo o seguinte: podemos substituir o abrigo, mas Ariel não teria como substituir o filho. Todas vocês, mães, qual de vocês ofereceria o filho em troca de Porto-da-árvore? Qual?

Um silêncio doloroso pairou sobre os morcegos reunidos.

— Se fiz a escolha errada, digam agora. Mas, enquanto eu for a anciã principal, nunca vou barganhar com uma vida, não importa o quanto as conseqüências sejam terríveis. Uma vida é mais importante do que qualquer abrigo. Vocês têm motivo para estar enraivecidos. Liberem a raiva contra as corujas que fizeram isso, e não contra seus iguais. Fale quem pensar diferente.

Sombra esperou em agonia, enquanto o silêncio se esticava.

— Temos uma longa jornada pela frente — disse Frida. — Vamos até Abrigo de Pedra encontrar os machos. E de lá para Hibernáculo.

Lentamente, mas com séria determinação, cada morcego da colônia dos asas-de-prata — todos os filhotes e suas mães, os velhos e os jovens — se alçou no ar. Frida assumiu a frente, com as outras anciãs. Cantava durante o vôo, uma nota aguda e penetrante para marcar a trilha.

Sombra voava ao lado da mãe. Jamais vira a colônia num silêncio tão triste. Tinha passado tempo demais, antecipando o momento em que partiriam para Hibernáculo. Isso o deixara cheio de pavor e empolgação. Mas, agora, sentia-se entorpecido, concentrado apenas em bater as asas. O vôo era uma coisa sem alegria.

Não conseguiu se impedir de olhar para trás, até só conseguir ver o clarão das chamas e a mancha da escuridão mais densa da fumaça, contra a noite.

Ao amanhecer, muito depois de os asas-de-prata haverem partido, Porto-da-árvore ainda queimava. Os grandes galhos estalavam e explodiam, até que, por fim, a árvore tombou, arrancando as raízes da terra e da pedra, abrindo a caverna embaixo. Se houvesse algum morcego a menos de mil batidas de asas de distância, ouviria um milhão de vozes fracas, escorrendo para fora da câmara dos ecos, com as histórias finalmente liberadas e perdidas para sempre no céu.

Encontraram um celeiro deserto antes de o sol nascer. Os caibros eram tortos, o telhado e as paredes deixavam entrar tiras empoeiradas de luz do dia e o cheiro de animais terrestres e seu esterco era forte e desagradável. Mas parecia um lugar seguro e livre de ninhos de pássaros. Pendurados nas altas traves apodrecidas, exaustos, a maioria dos morcegos mergulhou imediatamente em sono profundo.

Sombra se encostou na mãe, com força. O osso do centro do peito ainda doía por causa do longo vôo. E, sempre que fechava os olhos, via Porto-da-árvore queimando. Ariel se remexeu e olhou para ele.

— Não é sua culpa — afirmou em voz baixa.

— Ninguém vai falar comigo pelo resto da vida.

— Eles vão superar. Viram como você foi corajoso. Tentou salvar o abrigo, fez mais do que a maioria dos outros. Tenho muito orgulho de você.

Sombra reluziu, silencioso com o elogio da mãe.

— Frida me levou à câmara dos ecos — disse. Aquilo já parecia ter acontecido há muito tempo.

Depois de uma breve pausa, a mãe falou:

— E o que você ouviu?

— As histórias antigas. A Grande Batalha dos Pássaros e dos Animais Terrestres. Também ouvi sobre a Promessa.

— Não são muitos morcegos que prestam atenção a essas histórias, hoje em dia.

— Mas meu pai prestava, não é?

— Imagino que Frida tenha lhe contado. — Havia irritação na voz, e então Ariel soltou um pequeno suspiro resignado. — Ela tem seus motivos, tenho certeza. Mas só sei que desejar ver o sol faz com que os morcegos sejam mortos. Talvez as histórias sejam verdadeiras, quem sabe? Talvez um dia a gente tenha voado à luz do sol sem temer qualquer criatura. Mas agora vivemos na noite, e vivemos na noite há milhões de anos. Será que é tão ruim? Certamente não vale morrer por isso.

— Mas não é certo — respondeu ele, teimoso. — Não devíamos ser banidos. Não fizemos nada. E o que as corujas fazem...

— Sombra, as coisas são assim.

— Mas, e a Promessa? Meu pai achava que tinha alguma coisa a ver com as pulseiras.

— Bem, Cassiel sempre teve idéias fora do comum. E, após receber a pulseira, ficou mais convencido de que a Promessa estava para se realizar. Achava que era um sinal.

— O que ele procurava quando foi morto?

— Não quis me dizer. Ficou muito empolgado e disse que tinha de verificar uma coisa. Mas prometeu que voltaria dentro de duas noites. Talvez fosse se encontrar com outros morcegos. Talvez estivesse tentando achar os humanos que lhe deram a pulseira, não sei. Depois de duas noites, toda a colônia deixou Hibernáculo para a migração de verão. Fiquei mais uma noite, e, depois, mais uma, só para o caso de ele aparecer. E então soube que as corujas deviam tê-lo apanhado. Por isso, fui embora e alcancei os outros.

Sombra não disse nada. Pela primeira vez, podia ver como devia ter sido terrível para ela. Esperar sozinha pelo companheiro. Tendo de desistir e se juntar de novo à colônia, sabendo que nunca mais iria vê-lo.

— Frida disse que há outros que receberam pulseiras.

Ariel assentiu.

— E a maioria deles também desapareceu, antes de Cassiel. Não restam muitos, apenas alguns machos.

— Talvez saibam aonde ele foi naquela noite.

Ela o encarou ferozmente.

— Não importa, Sombra. Escute. Eu quero que você viva. Quando todo mundo disse que você ia morrer, que era pequeno demais, não desisti. É um milagre você ter sobrevivido, é mesmo.

De repente, a mãe parecia tão cansada que Sombra lhe encostou o rosto no pêlo. Não queria que ela ficasse preocupada.

— Desculpe.

— Você está com medo da viagem para o sul?

Sombra não se lembrava de dizer que estava, mas, mesmo assim, ela parecia saber.

— Um pouco, acho.

— Você vai ficar bem. Vou estar junto o tempo todo. E Frida se certifica de que ninguém fique muito para trás.

— Mas... e se eu ficar?

— Quer que eu fale do caminho que vamos fazer?

Sombra concordou. Parecia boa idéia. Só para garantir.

— Não posso dizer tudo. Demoraria demais. Mas posso descrever alguns marcos do terreno. Feche os olhos e se concentre.

Ariel encostou a testa na dele e começou a cantar. Uma paisagem luminosa e prateada saltou da escuridão: uma floresta, uma clareira e um grande carvalho se erguendo e abrindo os galhos. Era Porto-da-árvore.

— Você também sabe fazer! — exclamou Sombra, recuando. — É como na câmara dos ecos!

— Um dia eu lhe ensino como se faz. Escute.

Ariel recomeçou, e Sombra, os olhos apertados com força, ficou olhando sua amada Porto-da-árvore, exatamente como era antes de ser queimada pelas corujas, ficar cada vez menor, desaparecendo à distância, como se ele estivesse voando para longe.

Agora, a paisagem mágica ia mudando, dissolvendo-se como mil alfinetes de luz, e, de repente, formava-se de novo. Ele estava roçando acima da copa das árvores, e depois viu o celeiro embaixo, o celeiro onde, agora, estavam abrigados.

Voou em frente, como se estivesse viajando a um milhão de batidas de asas por segundo até que, adiante, viu uma enorme torre humana, mais alta do que qualquer árvore. O que era aquilo? Enquanto se aproximava, o topo daquela enorme torre soltou um clarão e se apagou igualmente rápido.

Ia perguntar à mãe o que era, mas já estava passando pela torre e pôde ver que ela se erguia de uma clareira rochosa à beira d'água. Mas não era como o riacho onde eles bebiam. Aquela água negra se estendia cada vez mais, afastando-se da terra, até encontrar o céu noturno numa linha reta, pavorosa.

— Mamãe, que lugar é aquele?

— Só escute, Sombra.

Ele se afastou da torre, seguindo a encosta rochosa onde a terra encontrava a água, viajando tão rápido que ficou sem fôlego, como se realmente estivesse batendo asas para se manter no ar.

Então, diante dele: uma constelação de estrelas de cabeça para baixo, maior e mais densa do que as próprias estrelas, espalhando-se em todas as direções.

Depois: uma cruz de metal, e as estrelas redemoinhando em volta, e um barulho oco, *bong, bong, bong*, que fazia suas orelhas tremerem.

E agora: uma estrela no céu, brilhando mais do que as outras.

Agora: as orelhas de um gigantesco lobo branco, e gelo em toda parte.

E: uma ampla torrente de água chocava-se e rugia, levantando borrifos.

Então sua mente ficou escura, com o silêncio. Seus olhos se abriram e ele olhou espantado para a mãe.

— Você viu tudo? — perguntou ela.

— Acho que sim, mas havia coisas que não entendi. O que era aquela torre alta e...

— Explico amanhã à noite. A melhor coisa é lembrar as imagens e os sons que cantei para você. São os marcos mais importantes na viagem. Devemos dormir um pouco. Vamos chegar a Abrigo de Pedra amanhã. Você vai conhecer seus irmãos.

Sombra grunhiu. Talvez achassem que ele era pirralho.

Encostado na mãe, apertou as asas com força em volta do corpo e dobrou por baixo as orelhas altas, para conseguir calor extra. Era mais frio aqui do que em Porto-da-árvore, e ele estremeceu algumas vezes antes de se esquentar. Ouviu a respiração da mãe ficando suave e lenta, e o pensamento continuava fervilhando.

Não havia por que apenas lamentar o que tinha acontecido. Isso não traria seu pai de volta, nem Porto-da-árvore, nem impediria que as corujas os caçassem. Teria de fazer alguma coisa.

E, nos instantes calmos e fluidos, antes que o sono finalmente o dominasse, entendeu o que precisava fazer. Em Abrigo de Pedra, conheceria os outros morcegos com pulseiras, que conheciam seu pai. Conversaria com eles, faria com que dissessem o que sabiam, o que realmente havia acontecido a Cassiel. Descobriria o que as pulseiras significavam. Talvez isso implicasse ir ao lugar onde os outros morcegos tinham desaparecido. E então traria à sua colônia o maior presente de todos.

Tempestade

Quando partiram, na noite seguinte, a névoa cobria os vales, escorrendo sobre a copa das árvores. Um vento forte assobiava nas orelhas de Sombra, e ele estremeceu, com o pêlo cheio de gotas de orvalho.

Mas se sentia estranhamente revigorado. Ao amanhecer estaria em Abrigo de Pedra, junto do resto dos asas-de-prata — dos machos com pulseiras, que haviam conhecido seu pai. E tinha um plano que estava ali quando acordou, uma coisa boa e sólida, como um estômago cheio. Não contaria à mãe, pois isso iria apenas preocupá-la, e ela já estava bastante preocupada. Frida poderia contar mais tarde, em segredo. Sabia que ela iria ajudá-lo.

Nessa manhã, antes de deixar o celeiro, a anciã viera conversar com ele e Ariel. Bem na frente de todo mundo. Sombra tinha se sentido sem graça e orgulhoso. Ali estava ele, o morcego pirralho pelo qual Frida havia sacrificado Porto-da-árvore. Era importante de um modo que não se sentia totalmente confortável. Todo mundo ainda parecia manter distância. Mas alguns dos filhotes lhe disseram um olá tímido, antes de serem empurrados rapidamente pelas mães. Delas, Sombra recebeu alguns rápidos cumprimentos de cabeça, melhor do que nada. Talvez não o odiassem para sempre. Só Betsabé o olhou com dureza enquanto saíam do celeiro — um olhar que lhe inundou o coração de raiva e culpa.

Agora olhou para a paisagem estranha e fantasmagórica. Estavam voando acima da copa das árvores, e, através das aberturas na névoa, dava para ver novas florestas, campinas, riachos. Estradas dos seres humanos cortavam os morros, e um dos ruidosos veículos deles passou rápido, atirando fachos de luz. Um cheiro áspero e pungente subiu atrás, e Sombra espirrou. Tinha visto algumas construções humanas também, amontoadas em clareiras, com fumaça subindo dos telhados.

— Frio? — perguntou sua mãe.

— Estou bem. — Ele desejou que Ariel parasse de perguntar. Estava decidido a mostrar que conseguia. Mesmo sendo um pirralho, mostraria a toda a colônia que não era um fracote. Não ficaria para trás, atrasando todo mundo. Na verdade, faria melhor do que isso: ficaria nas primeiras filas durante toda a jornada, bem ali, com Frida e as outras anciãs. Podia ver Ventoforte adiante, batendo suas asas poderosas.

Um cheiro pungente e forte, diferente de tudo que ele conhecia, chegou às narinas de Sombra. Quase no mesmo instante, ouviu um som novo: tinha um ritmo profundo e latejante, como algum animal poderoso exalando devagar, inspirando e exalando de novo. Olhou para Ariel.

— Eu lhe mostro — disse ela.

Ariel virou as asas e voou mais alto. Sombra foi atrás e ofegou, maravilhado. Através da névoa, enxergou a floresta que acabava numa linha irregular, dando espaço à escuridão pintalgada que se estendia para sempre. Era a borda do mundo.

Instantaneamente se lembrou do mapa de sons da mãe.

— Aquilo tudo é água? — sussurrou.

— O oceano.

— Realmente é muita.

— Não é como a água do riacho. Tomei um gole uma vez. O gosto é salgado.

Mais perto da terra, a água se erguia em enormes patas pretas e brancas, chocando-se nas pedras.

— Não vamos voar por cima daquilo, vamos?

— Não.

Sombra ficou aliviado. Só de olhar se sentiu muito pequeno e estranhamente solitário. Não havia árvores, nem galhos, nem pedras, nem terra. Nada sólido. E, se fosse preciso pousar de repente? Ele ainda não sabia nadar direito, e certamente não queria experimentar ali. Tinha ouvido histórias de que os humanos podiam flutuar na água, em coisas chamadas barcos. Mas por que os humanos iriam querer isso? O que haveria no mar que poderia ser de interesse para eles?

Enquanto voavam de volta para se juntar ao resto da colônia, houve um súbito clarão adiante, e Sombra pensou de repente: um raio. Mas sua mãe apontou para uma sombra que pairava no horizonte, escondida atrás de uma faixa de névoa.

— Reconhece isso? — perguntou ela.

A névoa se dissipou e Sombra concordou empolgado. Era a torre estranha e alta que tinha aparecido na canção da mãe, e ele ficou pasmo ao ver como ela havia descrito bem. Era como se Sombra já tivesse estado aqui antes.

— O que é a luz?

— Não olhe para o alto. A torre pisca a intervalos de segun dos. É muito brilhante.

— Lembro. Da sua canção. Mas serve para quê?

— Frida acha que os humanos a construíram há muito tempo, para ajudar os barcos a se orientar. E é para isso que nós a usamos também.

Sombra fechou os olhos e invocou o mapa de Ariel. A torre, e, depois... uma curva, seguida por um penhasco ossudo.

— Voamos para o sul ao longo da costa! — disse ele, entendendo. — É isso que o mapa significa, certo?

— Bom — respondeu Ariel. — Nós sempre ficamos sobre a terra. Sobre a água é perigoso demais. Os ventos são diferentes.

Frida os guiou para perto da torre enorme, de modo que Sombra pôde ver as laterais de pedra que subiam se afilando. Então, a anciã fez uma curva fechada para o sul, e toda a colônia se virou com ela, cavalgando o vento acima da costa rochosa.

O aguaceiro começou de repente. Não as gotas suaves que Sombra conhecia das chuvas de verão. Pareciam agulhas de gelo. Atordoaram-lhe a visão de eco, espocando no pensamento como estrelas cadentes. Balançou a cabeça, tentando clareá-la.

— Não deixe isso desorientá-lo — disse Ariel. — Fique perto de mim. Parece que há uma tempestade chegando.

Como se aproveitasse a deixa, o vento lhe fustigou o corpo. Sombra retesou os pequenos feixes de músculos ao longo das asas, tentando mantê-las esticadas para não ser soprado para longe. Mesmo assim, o vento o golpeava de um lado para o outro, jogando-o mais alto e, depois, empurrando para baixo.

— Desçam para as árvores! Desçam para as árvores! — veio o grito de Frida, ecoado pelos outros morcegos. — Vamos esperar a tempestade! Desçam para as árvores!

O vento gritava ao redor, e Sombra se sacudia.

— Agarre-se em mim, Sombra — gritou sua mãe. — Está forte demais.

— Não — respondeu Sombra, feroz. Ainda podia ver Ventoforte adiante, olhando-o por cima da asa. Sombra não iria, não poderia enfiar as garras no pêlo da mãe e se grudar enquanto ela voava pelos dois. Como se fosse de novo apenas um bebê sem pêlos. Ele era especial, Frida tinha dito isso. Pousaria sozinho, como Ventoforte, como os outros filhotes.

— Sombra! — gritou a mãe de novo. — Venha cá!

Mas ele se afastou intencionalmente, balançando feito louco por causa da chuva. Inclinou as asas para descer.

— Estou bem! — gritou.

Um sopro de vento feroz virou-o de costas, e suas asas se dobraram.

— Sombra!

— Mamãe, socorro! — O vento chicoteou as palavras de sua boca. Ele lutou para se ajeitar, com as asas encharcadas, inúteis, grudadas contra o corpo. Caindo, foi engolido num banco de névoa, sem conseguir enxergar. Não tinha idéia de onde estava, da altura em relação ao chão. Por uma fração de segundo, a névoa se abriu, e ele vislumbrou a mãe e os outros morcegos — longe demais, como é que tinham ido para tão longe? — E então a névoa se fechou e Sombra estava caindo de novo.

Finalmente houve uma calmaria, e Sombra desdobrou as asas. Saiu de um banco de névoa e soltou um grito, frustrado.

Estava sobre o oceano.

Girou, tentando enxergar a terra. Ela, porém, havia se perdido em meio à chuva e à névoa. Para que lado? As estrelas, acima, estavam escondidas. Outro sopro de vento traiçoeiro o acertou, forçando-o para baixo. Ele arqueou as asas, tentando subir, mas estava tão exausto que mal conseguia batê-las.

Enxergou a vastidão de água embaixo, borbulhando, branca e preta como um milhão de línguas de animais famintos. Se caísse... De novo levantou os ombros, tentando subir mais. Mas o vento não deixava.

Um brilho de luz lhe atraiu o olhar. Apagou-se. Voltou. Era só a chuva? Não. Vinha de alguma coisa sobre a água, cavalgando as ondas. Um barco, devia ser um barco dos humanos. Enormes velas brancas se projetavam de mastros altos.

Inclinou as asas e se virou para o barco. O vento jogou-o violentamente para o lado, e Sombra passou direto, subindo. Juntando o que restava das forças, golpeou o ar e fez uma última volta na direção do barco. Se errasse de novo, estaria baixo demais para outra tentativa.

Agora o barco estava bem em frente, balançando feito louco no horizonte. Mais perto, mais perto, as asas tensas. Aproximou-se do mastro mais alto numa velocidade arrepiante, com o vento por trás. Tentou frear depressa, com as garras abertas.

A vela era mais grossa do que Sombra esperava, e ele quase não conseguiu se agarrar. Cravou as garras com mais força no tecido. A vela estalava com o vento, quase jogando-o longe.

Centímetro a centímetro, Sombra se arrastou para o mastro e entrou numa dobra do tecido. Abrigado do vento e da chuva, enrolou as asas em volta do corpo trêmulo, tentou acalmar o enjôo no estômago e parar com a voz em sua cabeça, que ficava perguntando e perguntando: como você vai encontrá-los agora?

Acordou com um susto.

As sacudidas violentas do barco tinham dado lugar a um suave balanço. Todo o seu corpo doía. Cautelosamente, tirou a cabeça da vela. O céu ainda estava escuro, as estrelas brilhantes, e com um alívio gigantesco ele viu terra — uma pequena baía com algumas construções de madeira nas encostas rochosas.

O barco o havia trazido de volta à terra!

Talvez sua mãe e o resto da colônia não estivessem longe. Voou, afastando-se do mastro, circulando, tentando se orientar. Não sabia se havia passado antes por esse local — tinham voado sobre várias baías pequenas, mas todas estavam cobertas de névoa, e Sombra não sabia como elas eram.

— Mamãe? — gritou, esperançoso. — Mamãe?

Sua voz ecoou voltando das encostas íngremes.

Voou para dentro da terra, ansioso por se afastar da água e do cheiro fortíssimo, que achou deveria ser de peixe. Passou por cima do morro, sobre a linha das árvores, esperando encontrar algum marco de terra. A torre dos humanos, talvez a visse. Nada, além de florestas desconhecidas, se estendia ao redor.

— Olá? — gritou de novo, em pânico crescente.

Fazia um silêncio fantasmagórico. Talvez, se voasse mais baixo... Mergulhou, usando a visão de som para se orientar por entre os galhos prateados. Um esquilo armazenava nozes na forquilha de uma árvore. Ninhos silenciosos e pássaros adormecidos, com os pés agarrados nos poleiros. O assobio do vento nas folhas mortas. À distância, um coro grave de sapos. Mas nenhum sinal de morcegos.

Pousou num galho, ofegante. Pense, falou a si mesmo. Pense. O barco o havia levado de volta à terra. Mas, onde? A julgar pela claridade do céu, achava que o amanhecer estava próximo. E a tempestade havia atacado por volta da meia-noite. Isso significava que estivera no barco durante umas seis horas. Qual a velocidade do barco? Não sabia. Em que direção estaria indo? Como se tivesse tido tempo de notar! Talvez para o norte, talvez para o sul.

Não sabia muito sobre orientação pelas estrelas. O bastante para diferenciar o norte do sul. Poderia voar para o sul e tentar alcançar a colônia. Mas e se tivessem mudado de rumo, ido para o interior, e ele os perdesse totalmente? Ou se o barco já o tivesse levado mais para o sul do que a colônia? Bem, então que tal para o norte? O problema era o mesmo.

Isso não estava ajudando.

Será que deveria simplesmente aguardar ali, esperando que a mãe aparecesse, procurando-o? Mas talvez os outros já tivessem procurado e simplesmente desistido, imaginando que ele estava morto. Tinham-no visto ser soprado para o oceano. Bem, ele poderia tentar achar o caminho de volta a Porto-da-árvore e... mas, com um choque enjoativo, lembrou-se das ruínas incendiadas que deixara para trás. De qualquer modo, sua mãe tinha lhe dito que era frio demais para passar o inverno lá. Ele morreria congelado. *Você não pode ficar parado aqui. Dê um jeito*. Estava perdendo tempo.

Batidas de asas.

Suas orelhas se empinaram. Pelo ritmo, dava para ver que não era de pássaro e, definitivamente, não era de coruja. Tinha de ser um morcego.

— Ei! Pára! — gritou, lançando-se na direção das batidas de asas. Disparou sons, achou que tinha captado um luminoso clarão de movimento, depois aquilo desapareceu na folhagem. Voou atrás, com os sentidos se esforçando.

— Volta! — gritou com raiva.

Tinha sumido. Circulou mais um minuto, e então, exausto, pendurou-se num galho em meio a luminosas folhas de outono. Era frustrante demais. Lágrimas arderam nos olhos.

— O que está fazendo aqui?

Sombra quase pulou para fora do próprio pêlo. A voz vinha da folha brilhante e enrolada ao lado dele. Afastou-se pelo galho e espiou, cauteloso, pronto para voar. Dava para ver que aquela folha falante era muito mais gorda, certamente, do que as outras, e, na verdade, parecia ser peluda em alguns lugares. Procurou a haste e viu que, na verdade, havia duas, cada uma com cinco garras afiadas.

— Você é um morcego! — exclamou Sombra.

— Você é um gênio. Claro que sou morcego — disse a voz.

O morcego tremulou e se desenrolou devagar. Asas compridas se desdobraram e deram uma sacudida rápida, revigorante.

Então, as asas se dobraram de novo, de encontro ao pêlo luxuriante. Agora, Sombra podia ver a cabeça dela. Tinha um belo nariz pontudo e elegantes orelhas em forma de concha, bem grudadas à cabeça. E era jovem, ainda que não tão jovem quanto ele. Olhos escuros encontraram os seus.

— Um asa-de-prata — disse ela. — Foi o que pensei.

Sombra a encarou. Nunca tinha visto um morcego cujo pêlo não fosse da mesma cor do seu.

— Eu sou uma asa-brilhante — disse ela, irritada. — Nem todos os morcegos são iguais. Acho que você é pequeno demais para saber disso.

Sombra se encrespou, mas ficou quieto.

— Sou Marina.

— Sombra.

— E então, o que está fazendo aqui? — perguntou ela de novo.

— Estávamos indo para o sul, pelo litoral...

— Você e sua colônia.

— Certo. Fomos apanhados por uma grande tempestade, e fui soprado para o mar.

— Você voou até aqui, naquela tempestade?

— Bem, não. Pousei num barco.

— Sorte sua.

— É, e ele me levou de volta à terra. — Sombra franziu a testa e olhou-a. — O que quer dizer com "até aqui"? Onde eu estou?

— De volta à terra, são e salvo, mas não onde você acha. Está numa ilha.

— Uma o quê?

— Uma ilha. Sabe, um pedaço de terra cercado de água por todos os lados.

— Não estou de volta ao lugar onde comecei?

— Não.

Sombra engoliu em seco. Tinha de ver por si mesmo. Alçou-se do galho e voou direto para cima.

Foi espiralando pela noite, cada vez mais alto, e se estabilizou, circulando. Viu a baía onde tinha chegado e seguiu a linha do litoral que fazia uma curva, girando e girando até voltar ao mesmo lugar, com a água aterrorizante se estendendo até os horizontes. Todo aquele oceano entre ele e o resto de sua colônia. E nenhum sinal de terra.

— Nunca vou conseguir voltar — sussurrou.

— São cerca de um milhão de batidas de asas — disse Marina, animada, surgindo ao seu lado e assentindo num ponto no horizonte. — Não é a viagem mais fácil do mundo, mas, definitivamente, não é impossível.

— Você já fez?

— Uma vez.

— Então, você também veio do outro lado.

Ela assentiu.

Ele a encarou estranhamente.

— Por quê?

— Vim aqui para viver. Sei que não é grande coisa, mas é o meu lar.

Sombra se lembrou do silêncio fantasmagórico da floresta. Ao redor de Porto-da-árvore, sempre havia centenas de morcegos caçando a noite inteira.

— Você está sozinha aqui.

— Até que você apareceu.

— Bem... e o resto da sua colônia?

— Ah, está por lá, em algum lugar — disse Marina, apontando vagamente para o horizonte.

Não falou mais nada, e Sombra não sabia como perguntar. Será que Marina havia se perdido, como ele? Não, isso não fazia sentido. Ela não parecia perturbada. Mas por que alguém iria querer viver longe da colônia? Era impensável, essa separação. Como é possível se separar dos pais, dos irmãos, irmãs e de todos os outros morcegos com quem havia crescido? A não ser que tivesse sido expulsa da colônia. Olhou-a, curioso. O que ela teria feito?

— Posso apontar a direção certa para você, mas terá de ser amanhã à noite — explicou Marina.

Ele se virou para o céu do leste e viu que estava começando a clarear.

— É. Obrigado.

— Você pode passar o dia no meu abrigo. Se quiser. Mas a gente deve ir andando. Não há morcegos nesta ilha, mas há um monte de corujas. Venha atrás de mim.

Marina

Ela o guiou por baixo do telhado, entrando no espaço apertado do forro de uma velha cabana perto da baía. O abrigo que ela havia feito ficava no meio de um amontoado de redes de pesca, velas antigas, cobertores cheios de óleo e folhas enlameadas, que, Sombra presumiu, ela havia carregado até lá para fechar as frestas. Era muito quente, e ele teve uma deliciosa sensação de segurança sabendo que havia paredes grossas e macias ao redor. Apenas o cheiro era ruim — aquele cheiro salobro de peixe.

— A gente acaba se acostumando — disse Marina. — Atualmente eu até meio que gosto.

— Há quanto tempo você mora aqui?

— Desde a primavera passada.

— Onde você vai passar o inverno?

— Acho que vou ficar aqui. Pelo menos vou tentar.

Marina não parecia preocupada. Sombra concordou, imaginando se o lugar seria quente o bastante. Não sabia o quanto ficaria frio. Sem dúvida, era quente agora. Mas a idéia de saber que ela passaria o inverno aqui, sozinha, com frio, o encheu de tristeza, e pensou em sua mãe, na colônia, voando para o sul sem ele. Agitou as asas, impaciente.

— Para onde vocês estavam indo? — perguntou Marina.

— Abrigo de Pedra, para encontrar os machos.

— Ah, então você é um filhote. Primeira migração, hein?

— É. — Sombra não gostou de que lhe lembrassem sua idade. Isso o fazia se sentir pequeno. — Quantas migrações você já fez?

— Só duas. Na verdade, uma e meia.

Ela se remexeu no poleiro, e houve um brilho de metal no antebraço.

Sombra ficou boquiaberto. Como poderia ter deixado de ver? Então entendeu, porque Marina se mexeu de novo rapidamente, e deu para ver que ela sempre dava um jeito de enfiar o antebraço debaixo da asa, para que a pulseira não aparecesse.

— Você também tem uma!

Ela o encarou, irritada.

— O que você quer dizer?

— A pulseira! Como conseguiu?

— Você conhece mais alguém que tem?

— Frida, nossa anciã principal.

Os olhos de Marina se arregalaram.

— Sua anciã tem uma pulseira? Igual à minha? Tem certeza? Como esta aqui?

Ela estendeu o antebraço.

— Bem, não sei se é exatamente igual, mas...

— Como ela arranjou?

— Os humanos deram...

— Há quanto tempo?

— Bem, hum... ela é bem velha, e disse que ganhou quando era nova, de modo que...

— Dez, vinte anos?

— Pelo menos.

— E ainda está viva! — Havia espanto na voz.

Sombra franziu a testa.

— O que você quer dizer?

— Disseram que isso mata a gente — contou Marina, mas estava sorrindo.

— Quem?

— Os anciãos dos asas-brilhantes.

Sombra balançou a cabeça.

— Mas Frida nunca falou...

— E há outros asas-de-prata que têm pulseira?

— Alguns machos. Receberam no ano passado. Por quê?

— E também ainda estão vivos?

— Alguns — disse, tenso. — Outros foram mortos.

— Como?

— Por corujas.

— Então, talvez meus anciãos estivessem errados — murmurou Marina. — Talvez nem sempre isso mate...

Sombra não agüentava mais.

— De que você está falando?

— Disso! — exclamou Marina, balançando o antebraço com a pulseira. — É por isso que estou aqui! Sozinha. — Respirou fundo. — Escute. Nesta última primavera, eu estava com minha colônia, no sul. Havia acabado de terminar minha primeira hibernação, e a gente viajava de volta aos abrigos de verão. Minha mãe, meu pai, todo mundo.

Marina parou para recuperar o fôlego, e Sombra soube que ela havia esperado muito tempo até contar essa história a alguém.

— Uma noite eu estava caçando sozinha no rio, atrás de uma mariposa-tigre. Estava muito longe dos outros. E, de repente, *paf!*, minhas asas estavam emaranhadas numa espécie de teia gigante. Eu nem consegui vê-la com minha visão de eco. Lutei, mas não conseguia me livrar. Então, dois humanos apareceram na margem do rio e começaram a puxar a teia. O rosto deles estava... eles estavam chamejando de luz, como a lua ou o sol.

Sombra sentiu o coração martelar furiosamente. Será que isso tinha acontecido a seu pai? Teria sido assim? Talvez aqueles humanos fossem os mesmos que tinham posto o aro de metal em Cassiel!

— O que aconteceu depois? — ofegou.

— Um deles me tirou da rede e segurou minhas asas, presas dos lados do corpo. É incrível a força dele. Puxa, nunca fiquei mais apavorada na vida. Não sabia o que pensar. Que iria ser comida, acho, não sei. Estava lutando e me retorcendo, tentando morder a mão dele, mas meus dentes não conseguiam atravessar. Ele estava usando alguma coisa em cima dela, como um couro de animal. Eles me seguraram, mas foram gentis. Acariciaram meu pêlo, como se estivessem tentando me acalmar.

— Você falou com eles?

— Tentei, mas não adiantou. Eles não me entendiam. Falavam uns com os outros naquelas vozes lentas como o trovão, e eu também não entendia. Por isso, depois de um tempo, desisti. Um deles estendeu minha asa direita, e o outro pegou um aro de metal e prendeu com força em volta do antebraço. Depois me tocaram de novo, na cabeça, e me soltaram. Eu me senti... não consigo explicar. Como se alguma coisa especial tivesse acontecido comigo. Por isso, voei de volta até os outros, toda empolgada. Mas, quando minha mãe me viu, só olhou para a pulseira e começou a chorar. Meu pai ficou com uma expressão dura, e outros morcegos me olhavam e fugiam apavorados.

Sombra balançou a cabeça, confuso.

— Mas, por quê?

Marina concordou com a cabeça e coçou o nariz.

— Acharam que eu estava manchada. Quero dizer, eu não sabia coisa nenhuma, nunca tinha ouvido falar naqueles aros de metal. Minha mãe e meu pai me levaram até os anciãos, e eu ouvi tudo. Acontece que, há anos, alguns outros asas-brilhantes ganharam pulseiras, e todos morreram ou desapareceram. As histórias que ouvi! A asa de um dos morcegos apodreceu e caiu, e outro simplesmente pegou fogo e morreu queimado.

Sombra sentiu um enjôo, pensando no pai. Será que isso tinha acontecido a ele? E aos outros morcegos que desapareceram? Talvez os pulseiras os tivessem matado, e não as corujas.

— Mas não faz sentido — falou Sombra em voz alta, querendo se tranqüilizar. — Frida não falou nada sobre isso, e nada aconteceu a ela. Você também está boa, e ganhou a pulseira há meses.

— Talvez fossem só histórias, não sei. Mas os anciãos disseram que a pulseira era amaldiçoada, e que eu não poderia fazer coisa nenhuma. Disseram que eu estava... como é a palavra?... impura, é isso. Que fui marcada pelos humanos e só traria azar à colônia. Por isso, me expulsaram.

— Não — ofegou Sombra. — Sua mãe e seu pai...

— Não podiam... não havia nada que pudessem fazer. — Marina suspirou. — Também estavam apavorados. Tive de me despedir. A princípio, tentei segui-los de longe, mas os anciãos mandaram uns machos grandes para me afastar, e eu acabei me perdendo.

Sombra só conseguia balançar a cabeça, horrorizado. A idéia de sua mãe deixando que ele fosse expulso... era dolorosa demais para suportar.

— Foi como um pesadelo — disse Marina. — Nos primeiros dias eu meio que esquecia durante o sono. Acordava, olhava em volta e estava totalmente sozinha. Algumas vezes encontrei outros morcegos, mas eles davam uma olhada no aro metálico e viravam as costas. Nesse ponto, eu tinha chegado ao litoral e achei que não tinha muito tempo para viver, mesmo. Estava me sentindo meio dramática, porque pensei em simplesmente voar sobre o oceano e acabar com tudo. Parti e fiquei repetindo que iria mergulhar na água, que parecia muito pouco amistosa. Por isso, pensei em voar um pouquinho mais, depois faria aquilo, mas simplesmente não conseguia juntar coragem. Toda aquela água, eu sabia que era gelada. E, nesse ponto, estava tão longe que não tinha como voltar. Fiquei totalmente apavorada. Por sorte, vi a ilha e consegui chegar antes que as asas não agüentassem mais. E aqui estou. Quero dizer, não é tão ruim. Há bastante coisa para comer, e não há muita concorrência.

Sombra lançou sua visão de eco na direção da pulseira, demorando-se para olhar as marcas humanas. Aquele fino aro prateado, fechando-se de modo perfeito em volta do antebraço. Lembrou-se do lindo círculo chamejante da luz do sol e se sentiu tranqüilo. Aquilo fazia parte da Promessa: era um sinal. Era impossível que a pulseira pudesse ser uma coisa ruim.

— Você tem tanta sorte! — murmurou Sombra, e, depois, se encolheu, arrependido. Parecia cruel demais, depois do que Marina havia contado.

Marina fungou.

— É, isso me fez um tremendo bem.

— Não, você não entende. Quero dizer... — Sombra não sabia por onde começar. — Meu pai tinha. Um aro de metal. — E agora suas palavras saíram de roldão. Contou sobre Cassiel e como ele havia desaparecido lá no sul; contou que tinha visto o sol e as corujas incendiando Porto-da-árvore. Contou sobre a câmara dos ecos, a Grande Batalha dos Pássaros e dos Animais Terrestres, o banimento e a Promessa de Noturna. E repetiu tudo o que Frida lhe contara sobre as pulseiras.

Marina ficou quieta por longo tempo depois de ele ter acabado.

— Tentei arrancá-la uma vez — disse ela, pensativa —, depois do que os anciãos tinham contado. Mas é tão apertada que parece que sempre fez parte de mim. A não ser que eu arranque a pata, essa pulseira está aí para ficar. E sabe de uma coisa? Mesmo quando a situação estava insuportável, havia uma pequena parte de mim que se sentia feliz. Acho que eu não podia acreditar que a pulseira fosse tão ruim quanto eles disseram. Havia alguma coisa... importante em tê-la. Alguma coisa boa. Eu *sentia*.

Sombra assentiu, com inveja. Será que os humanos escolhiam que morcegos iam receber a pulseira ou seria simplesmente sorte?

— Eu sabia sobre Noturna — disse Marina. — E até ouvi alguma coisa sobre a Grande Batalha. Mas nunca disseram nada sobre essa tal Promessa. Você realmente acha que a gente vai poder ficar de novo sob o sol?

— Não sei, mas vou descobrir.

Marina o encarou e riu.

— Você é um tremendo encrenqueirozinho, não é? Vai ver o sol, quase mata a mãe de medo, faz com que o abrigo seja queimado pelas corujas. Aposto que, neste momento, você não é o morcego mais popular da sua colônia.

— Acho que não — respondeu Sombra, rindo, mesmo contra a vontade.

— Quero conhecer Frida e esses outros morcegos. — Agora Marina não estava rindo. — Quero ir com você.

Na Cidade

— Pode ser uma viagem difícil — disse Marina na noite seguinte. Sobrevoavam a baía. Uma lua crescente pairava no céu límpido e havia apenas uma brisa suave. — Mas você não deve ter muito problema, mesmo com esses seus cotocos de asas.

As orelhas de Sombra se empinaram, indignadas.

— Minhas asas não são cotocos!

— Bem, certamente não são compridas como as minhas — disse ela, esticando-as brevemente. Sombra tinha de admitir, eram mais compridas e mais estreitas, mas não muito. — É um fato simples. Quanto mais longas as asas, mais rápido a gente voa.

— As minhas podem ser um pouco mais curtas, mas são mais largas. Isso significa que sou mais flexível no vôo. — Sombra se lembrou de sua mãe dizendo isso quando ele estava aprendendo a voar.

— Hum — disse Marina em dúvida.

— Até consigo planar. E posso voar através de espaços menores na floresta.

— Interessante. Mas, aqui, no alto mar, a velocidade é o que importa, meu amiguinho. E, nesse departamento, levo vantagem.

Amiguinho? Ela era que nem Ventoforte. Esperava não se arrepender de viajar com Marina.

— Só sei que sobrevivi àquela tempestade ontem à noite — murmurou Sombra. — E aqueles ventos eram bem fortes. Eu consigo.

Haviam passado uma hora se alimentando na ilha, e Sombra tinha engolido a comida sem empolgação. Só conseguia pensar que, a cada segundo, sua mãe e o resto da colônia estavam se afastando ainda mais. Sentia-se desesperado para ir, mas sabia que precisava comer; precisava de toda a força acima d'água.

Quando subiram mais alto, os ventos aumentaram, e Sombra ficou ansioso. Indo na frente, as asas de Marina se curvavam de modo impressionante a cada batida. Sombra fez uma careta e pensou em Ventoforte.

— Quanto mais a gente tem de subir? — perguntou.

— Um morcego com medo de altura? Essa é nova.

— Só estou imaginando por que a gente tem de subir tanto.

— Para encontrar a corrente certa. Já as experimentei. Algumas vezes a gente pega uma corrente soprando para a terra, e isso torna a viagem muito mais fácil. E mais rápida.

— Ah, certo. — Sombra não gostava do fato de ela saber mais do que ele.

Inclinando as asas, Marina circulou um momento, com o nariz se retorcendo.

— Acho que estamos perto. Está sentindo o cheiro?

Sombra farejou também, mas não conseguia detectar nada além do cheiro pungente do mar. Era necessária toda a sua atenção simplesmente para se manter nivelado na brisa forte. O vento rugia nos ouvidos. Esperava que Marina soubesse o que estava fazendo.

— Só mais um pouquinho... pronto!

E Sombra também sentiu: o vento amainou, e percebeu que era sugado para a frente. Cada batida de asa parecia duas. Olhou para baixo e se arrependeu. Visto aqui de cima, o oceano não passava de um negror ondulado. Não gostava de estar tão longe das árvores.

— O continente fica bem adiante. Está vendo? — Marina inclinou o queixo, apontando.

À distância, Sombra viu a fina linha preta da costa, e então, houve um minúsculo mas intenso clarão de luz. Escuridão de novo, e outro clarão.

— É a torre — disse Sombra, empolgado. — Foi onde a tempestade atacou.

— O velho farol. Eu me lembro. Os humanos o usam para os barcos. Ele avisa que há rochas adiante, para ficarem longe.

"Essa criatura sabe tudo", pensou Sombra. "É maior, mesmo sendo uma garota; voa melhor, é melhor em tudo".

E, além disso, havia a pulseira.

— Então, sua colônia estava indo para o sul, certo?

— Durante duas noites, acho.

— Você acha?

— Tenho bastante certeza.

— Vamos alcançá-los ao longo do litoral, se tivermos sorte. Depende da velocidade com que vão. Umas duas noites. Desde que você mantenha a rota, vamos acabar chegando. Você sabe a rota, não é?

O estômago de Sombra fez parecer que ele havia mergulhado várias dezenas de metros.

— Bem... minha mãe me cantou um mapa.

— Você esqueceu?

— Não — respondeu depressa. — Lembro tudo. — Na verdade, não estava mentindo. Sombra sabia que era capaz de lembrar todos os sons e imagens, só não sabia o que significavam. Desejava ter feito a mãe explicar antes da tempestade.

— Bem, isso é um alívio — murmurou Marina.

— De qualquer modo, vamos alcançá-los ao longo da costa, não é?

Marina apenas resmungou.

Sombra descobriu que o melhor a fazer era fixar os olhos no farol que piscava e desejar que ele os puxasse para perto. Conversaram um pouco de início, depois cada vez menos, economizando o fôlego.

Os ventos se mantinham firmes, e Sombra soube que estavam com sorte. O céu do leste começava a empalidecer quando chegaram ao continente e rodearam o farol. Sombra estava exausto, mas exultava. Tinha conseguido voltar.

Sob uma árvore caída, acharam um buraco secreto e se arrastaram para dentro, no momento em que o coro da alvorada dos pássaros se erguia das árvores. Dormiu no mesmo instante.

— Acorda.

Sombra abriu um olho e encarou Marina, remelento. Ela o cutucou de novo com o nariz.

— O que há de errado?

— O sol se pôs há meia hora.

Já era noite. Para ele, era como se nenhum tempo houvesse passado. Agitou as asas, e uma dor cortante se espalhou pelos músculos do peito e das costas.

— Você deveria ter me acordado — gemeu Sombra.

— Parecia que você tinha muita necessidade de dormir, depois da noite passada.

— Vamos indo.

— Não está com fome?

Claro que estava. Mas era como uma tortura saber que havia uma longa jornada pela frente e perder um tempo enorme pegando besouros e mosquitos. Cada segundo era uma dúzia de batidas de asas que se perdiam.

— Eles também precisam comer, você sabe — explicou Marina.

Sombra concordou com a cabeça, sentindo-se melhor. Não tinha pensado nisso.

— E parece que seria bom para você. Todos os asas-de-prata são tão pequenos assim?

— Não são, não — disse Sombra, com calor. — Por acaso, sou um pirralho. — Ele quase riu. Pirralho. Aquela palavra era uma parte enorme e odiosa de sua vida. Nunca havia pensado em usá-la como defesa. — De qualquer modo, aposto que somos melhores caçadores do que vocês, asas-brilhantes.

— É mesmo? — Marina parecia achar divertido.

— É. Pense só. Somos mais rápidos em espaços apertados; por exemplo, em volta das árvores, onde ficam os mosquitos. E nosso pêlo é mais escuro, por isso temos camuflagem melhor. Qualquer inseto que não seja cego pode ver você chegando, a um quilômetro de distância.

— Bem, só há um modo de descobrir, não é?

— Aposto que posso pegar mais mosquitos do que você. O primeiro que chegar a mil, ganha.

— Apostado — disse Marina. — Vamos.

Saíram de sob a árvore caída e voaram. Enquanto Marina partia acima das copas, Sombra ziguezagueava entre as árvores, alimentando-se de densos enxames de mosquitos, mergulhando em pequenas poças, em busca de ovos recém-abertos. Enquanto voava, ia afastando as dores do corpo. Nunca tinha comido tanto, tão depressa.

— Seiscentos e vinte e cinco! — gritou.

— Seiscentos e oitenta e dois!

Sabichona! Sombra voou mais rápido, girando e cortando o ar, pegando cada mosquito que atravessava seu caminho.

— Mil! — gritou, um minuto depois. — Ganhei! Onde você está?

— Por que demorou tanto? — quis saber Marina, pendurada num galho próximo, preguiçosa, cuidando das asas.

— Você pegou mil?

— Hum-hum.

— Não pegou!

— Na verdade, foi há alguns segundos.

— Bem, você não disse nada — resmungou Sombra, pousando ao lado dela.

— Você não ouviu. — Marina arrotou alto.

— Sabe, não estou me sentindo muito bem.

— É para você aprender.

— Eu? E você? A idéia foi sua!

— Olha, também não estou me sentindo muito bem — admitiu Marina.

— Nunca mais vou querer comer um mosquito.

— Não pareceram meio temperados demais para você? — perguntou ela.

— Por favor, não fale nisso.

Demorou um tempo até que os estômagos se acomodassem o bastante para que voassem. Sombra se sentia como se tivesse engolido uma pedra grande.

— Vamos considerar empate — disse Marina depois de um tempo.

Sombra sorriu e deu um arroto ensurdecedor.

— Acho justo.

Mantiveram um bom ritmo durante a noite.

Era a mais fria até então, com a grama brilhando por causa da geada. Eles mantinham a linha da costa à esquerda. Havia uma estrada humana serpenteando pelo litoral, e agora Sombra estava acostumado a ver os veículos deles correndo embaixo.

— Você acha que os humanos vão nos ajudar, de algum modo? — quis saber Marina.

— É o que meu pai achava.

— Pensei na Promessa. Em voltar à luz do dia. A gente não vai ficar cega?

— Só se você olhar para o sol durante muito tempo.

Na noite fria, ele se lembrou do calor do sol, de seu enorme poder.

— Mas você só viu um pedaço dele, não foi?

— Bem, é, mas Frida viu inteiro. Os pássaros e os animais terrestres só não querem que a gente fique com ele. Sabe o que acho? Se pudéssemos ficar ao sol, íriamos crescer, e não teríamos de nos preocupar com as corujas. Podemos perguntar aos outros asas-de-prata, aos machos que têm pulseiras. — Sombra olhou para o horizonte. — Se alcançarmos a colônia.

— Você disse que eles iam seguir o litoral durante um tempo. E depois? Como vamos saber quando mudar de rumo?

— Talvez eu possa tentar cantar a próxima parte para você.

Não que ele tivesse aprendido, mas achava que valia tentar. Sombra era bom em captar ecos.

— Não vai dar certo.

— Não?

— Você não sabe de nada? Você é um asa-de-prata. Sou uma asa-brilhante. Nossos ecos não são iguais. Só vai ser uma tremenda confusão.

— Então só posso ler o mapa — concluiu Sombra, sem conseguir evitar um riso. Gostava disso. Havia uma coisa que ele sabia e ela não.

— Não fique tão metido a besta. Você vai ter de me explicar do melhor modo possível.

Sombra invocou o mapa de sons da mãe. Viu o oceano, o farol, a linha da costa e, então...

— Luzes — declarou a Marina. — Como estrelas, só que não são estrelas de verdade. E ficam no chão, e não no céu. E é como se tudo fosse feito de luz. Formas gigantes...

— Uma cidade — disse Marina, simplesmente.

Sombra piscou. Isso era fácil.

— Você já esteve lá?

— Uma vez. Realmente vamos ter de ir?

Havia alguma coisa importante naquela cidade, no meio de toda aquela luz. Uma torre, mais alta do que o farol.

— É. Existe um marco. Nós o usamos para estabelecer o rumo, uma coisa que tem a ver com as estrelas e uma cruz de metal.

— Escute! — interrompeu Marina de repente.

As orelhas de Sombra estremeceram, empinaram, e ele pôde ouvir o som inconfundível de asas batendo. Não apenas um par, mas muitas.

— Venha! — Com um jorro de velocidade, Sombra subiu pelo céu até que, à distância, pôde ver os morcegos com sua visão de eco; centenas deles passavam por cima das árvores.

— Acho que são eles! — afirmou a Marina. — Têm de ser!

— Espero que gostem de mim. Como é que devo me apresentar? "Oi, sou uma amiga do morcego que fez seu abrigo ser incendiado"?

Sombra riu alto, achando divertido.

— Ei! Olá! — gritou para a colônia. — Sou eu, Sombra!

Três morcegos, na parte de trás, giraram e olharam. Sombra os varreu com sua visão de eco. É, as asas tinham a mesma forma, as caudas, os corpos talvez fossem um pouco grandes, mas...

— Não — ofegou, frustrado, enquanto se aproximava. Eram asas-cinzentas, de pêlo luxuriante, com belas costeletas no rosto.

Até as orelhas tinham pêlos cinzentos, e a parte de baixo dos braços também.

— Para onde vocês vão? — perguntou um deles.

— Estamos procurando a colônia dos asas-de-prata — informou Sombra. — Vocês viram?

— Viemos do noroeste. Vimos algumas outras colônias, mas não de asas-de-prata. Para onde iam?

— Para o sul, pelo litoral, na direção de uma cidade.

— Então, provavelmente, não estão muito na nossa frente. Você se perdeu?

— Há duas noites, numa tempestade.

— Que azar. Bem, não invejo você, indo para a cidade. Não é um bom lugar para morcegos. Olha, vamos rodear a cidade, mas, depois disso, continuaremos para o sul. Vocês podem viajar conosco durante um tempo, se quiserem.

Sombra viu todos os morcegos adiante, mães e pais voando com os filhos, desviando-se depressa para pegar comida enquanto seguiam. Olhou Marina. Era tentador. Voar com um grupo grande. Talvez não fosse tão importante entrar na cidade. Talvez pudessem ficar no rumo, sem encontrar a torre.

De repente, o asa-cinzenta se afastou, olhando o antebraço de Marina.

— Marina tem um aro! — sibilou ele para Sombra.

— Sei.

— Você está louco? — disse o asa-cinzenta, circulando à distância. — Dá azar, muito azar. Ela foi tocada pelos humanos. Sua mãe não lhe ensinou nada? Ela vai fazer a maldição baixar sobre nós.

— Não — disse Sombra. — Não é...

— Você pode viajar conosco, asa-de-prata... Ela, não.

Sombra olhou o asa-cinzenta, a colônia de morcegos à distância.

— Se ela não pode ir, também não vou.

— Você é quem sabe. Mas, se fosse você, eu teria cuidado com ela.

Os asas-cinzentas partiram de volta para a colônia, e então, liderados por seu ancião, foram para o interior, para longe da água, para longe deles. Os pensamentos de Sombra tinham saltado adiante, imaginando sua mãe.

— Desculpe — disse Marina. — Esqueci de esconder a pulseira. Achei que era a sua colônia.

— Não faz mal. Eu não entendo. Por que eles acham que a pulseira dá azar? — Ele olhou para o aro de prata no antebraço de Marina, e, pela primeira vez, sentiu uma pontada de inquietação. — Alguma coisa deve ter acontecido, mais do que simplesmente histórias.

— Talvez você devesse ir com eles — sugeriu ela, tensa.

— Não é isso que eu quis dizer.

— Nada está impedindo você.

— Não vou...

— Você acha que preciso da sua companhia? Estou acostumada a viver sozinha. Não preciso de você nem de sua colônia, Sombra. — Ela o encarou, com os olhos duros, depois desviou o olhar. — Eu... esquece.

— Talvez haja tipos diferentes de pulseiras — disse Sombra. — As boas e as ruins. — Sua cabeça doía, e o estômago estava embrulhado. — Não sei.

— E qual é a minha? Vou saber quando explodir em chamas.

Sombra a encarou, assustado, e os dois riram por muito tempo, até que ele sentiu lágrimas surgindo nos olhos. Se ao menos pudessem alcançar sua colônia e obter algumas respostas!

— Uma pena eles não serem a sua colônia — disse Marina.

— É.

— A gente vai alcançar. Esse seu mapa está cumprindo o papel.

Sombra sorriu agradecido. Adiante podia ver um clarão fantasmagórico no horizonte, como se o sol estivesse para nascer. Só que ele sabia que não era o sol.

— Aí vem a cidade — disse Marina.

SEGUNDA PARTE

Godo

Esta noite ele seria livre.

Godo estava pendurado num galho nodoso, na selva artificial. Aqui era quente, mas o calor não vinha do sol forte dos trópicos, e sim de alguma fornalha escondida no subsolo. A chuva e a névoa não tinham vindo do céu, e sim de minúsculos borrifadores no teto preto e liso. Godo sabia que até algumas plantas eram falsas, as copas rígidas e sem cheiro. Será que os humanos realmente o achavam tão estúpido?

Este local não se parecia nem um pouco com seu lar, a verdadeira selva, onde o haviam capturado há um mês. Este lugar era uma prisão — ele podia percorrê-lo em algumas centenas de batidas de suas asas poderosas. Quando o colocaram ali dentro, Godo havia se chocado contra as paredes invisíveis, idiotamente confiando nos olhos quando deveria ter contado com a visão de eco. Aquelas paredes eram fortes como pedra; mas, por algum tipo de mágica que Godo não entendia, seus olhos podiam ver através delas, ver o lugar onde os humanos andavam de um lado para o outro, espiando-o.

Será que não sabiam quem ele era? Um príncipe da família real, Vampyrum Spectrum, descendente de Cama Zotz, o deus morcego, governante do Mundo Subterrâneo. Todos os homens e mulheres eram mandados para lá quando seus corpos morriam. Eles se encontravam cara a cara com o próprio Zotz, que iria decidir o seu destino, cortando a cabeça dos que o haviam desagradado durante as vidas terrenas.

No lar de Godo, os humanos cultuavam Zotz. As mulheres que estavam para ter bebê iam à caverna real e rezavam, pedindo que os filhos fossem fortes, saudáveis e vivessem muito. Deixavam oferendas — comida, flores e discos de metal brilhantes.

Mas os humanos daqui... Olhou irritado para o aro que eles haviam prendido em seu antebraço. A marca de um prisioneiro. Era um ultraje. Quando escapasse, voltaria à caverna real e invocaria Cama Zotz para castigá-los.

Especialmente o Homem.

Usava roupa branca e era alto, com braços e pernas compridos. Tinha cabelo preto e grosso, e barba descuidada. Um de seus olhos estava sempre semicerrado, dando ao rosto, à primeira vista, uma aparência sonolenta. Mas os olhos em si não eram nem um pouco sonolentos, eram brilhantes e duros. Algumas vezes, o Homem apontava luzes ofuscantes em seu rosto; algumas vezes entrava na selva artificial e enfiava um dardo no corpo dele, fazendo-o mergulhar num sono profundo. Na maior parte do tempo, apenas ficava sentado do outro lado da parede invisível, espiando.

Inquieto, Godo retesou os fortes músculos do peito largo e desenrolou as asas em toda a envergadura de noventa centímetros. Tinha cabeça grande e angulosa, com pêlo espesso no topo. As orelhas eram altas e pontudas, e o nariz estranho e chato, terminando com uma ponta para cima. Os olhos grandes e totalmente pretos não piscavam. O focinho comprido, mais parecido com o de um animal terrestre do que de um morcego, abrigava dentes brilhantes. Todo o corpo era tenso, como se estivesse preparado para atacar a qualquer momento.

Os humanos lhe davam camundongos para comer, coisas minúsculas, encolhidas. Ele estava cansado do gosto: débil e aguado, como se todos tivessem vindo da mesma ninhada. Estava ansioso por variedade.

Acima de tudo, ansiava por comer carne viva, pungente, de morcego.

Ansiava por caçar de novo.

Havia outro prisioneiro, um morcego chamado Throbb. Eles tinham sido apanhados juntos, caçando no mesmo local da selva. Godo nunca havia gostado de Throbb; ele não tinha sangue real — era uma criatura fraca, mentirosa, que se alimentava das carcaças podres deixadas por outros animais. Provavelmente, nem lutara quando os humanos o apanharam.

Godo havia marcado rapidamente seu território, relegando Throbb a um canto pequeno. Ocasionalmente lutava com Throbb para pegar os camundongos dele, não porque estivesse com fome, mas porque era alguma coisa a fazer, e achava divertido vê-lo recuar, gemendo. De vez em quanto até pensava em comer Throbb — tamanho seu desespero por comer carne de morcego. Mas, mesmo detestando-o, precisava dele. Para ajudar na fuga.

E esta noite ele seria livre.

Do poleiro, viu quando o Homem se aproximou da parede invisível e abriu uma porta secreta. Godo estivera observando-o fazer isso, noite após noite. A princípio, achou que talvez aquela fosse sua saída. Quando tinha certeza de que estava sozinho, havia encontrado as bordas finíssimas daquela porta secreta, e muitas vezes tentou abri-la, batendo com a cabeça, tentando cravar as garras na superfície dura e escorregadia. Mas não adiantava.

Então, uma noite, notou uma corrente de ar frio movendo-se pela selva. Circulando, tinha achado a fonte. No teto preto havia uma pequena grade de metal pela qual podia sentir um vento. Tentou, desesperado, espremer o corpo por uma das fendas, mas era grande demais, mesmo com as asas dobradas contra o corpo. Teria de mover toda a grade. E seria muito mais rápido se tivesse ajuda.

— Você quer sair daqui? — perguntou ao outro morcego.

— Claro — respondeu Throbb, cauteloso. — Mas como?

— Trabalhe comigo, e logo você estará livre, na selva.

Assim, noite após noite, depois de os humanos saírem, os dois morcegos voavam até a grade e, com as garras e os dentes, arrancavam pedaços de cimento e reboco em volta das bordas. A cada noite, a grade estava um pouco mais frouxa.

Agora ficou olhando quando o homem jogou uma dúzia de ratos brancos no chão. Fechou a porta e se sentou atrás da parede invisível, olhando. Godo o encarou, odiando-o. Por que o sujeito não ia embora? Precisava ficar espiando tudo?

Throbb já estava mergulhando sobre os camundongos, tentando, desesperado, comer o máximo possível antes que Godo aparecesse. Godo não estava com fome, mas sabia que precisaria de força esta noite. Alimentou-se rápido, algumas vezes quebrando o pescoço deles com um golpe rápido das mandíbulas; outras, engolindo-os inteiros, para senti-los se mexendo garganta abaixo.

— Volte ao seu poleiro e finja estar dormindo — sibilou para Throbb.

Pendurado de cabeça para baixo, com um dos olhos entreaberto, Godo esperava, angustiado. Tentava pensar na liberdade próxima. Voaria de volta à selva e se juntaria à sua família. Iria se tornar um grande herói, depois de escapar da prisão dos humanos!

Finalmente o Homem se levantou e andou para longe, e a escuridão baixou por trás da parede invisível. Godo saiu do poleiro.

— Agora!

Juntos voaram até o teto, cravando as garras em volta da grade de metal. Fizeram toda a força possível para soltá-la, mas continuava firme.

— Aperte as asas contra ela! — rosnou Godo.

Os dois desenrolaram as asas e começaram a bater furiosamente com elas, ao mesmo tempo em que puxavam com força. Caía pó no pêlo de Godo.

— Mais força! — rosnou para Throbb. — Mais força, se você quer sua liberdade!

Puxaram de novo, e Godo sentiu a grade ceder numa cascata de entulho. Era mais pesada do que ele havia pensado, e suas asas se dobraram. Caiu para trás junto com Throbb, e a grade veio em cima deles. Throbb se retorceu saindo de baixo, e voou para longe, mas as garras de Godo ainda estavam presas nas fendas de metal.

— Zotz! — rugiu ele. E, de repente, suas garras se soltaram. Girou de lado e se livrou. A grade bateu com força na terra úmida.

Godo se agarrou numa trepadeira, esperando o coração ficar mais lento. Zotz tinha vindo ao seu resgate.

— Você está bem? — ouviu Throbb gritar.

— Não, graças a você.

Mas estava com pressa demais para perder tempo discutindo com Throbb. Voou para o buraco, agarrou-se à borda e enfiou a cabeça. Uma brisa fresca agitou seu pêlo liso. Ele cantou e deixou que o eco de retorno desenhasse uma imagem dentro da cabeça.

Era um tubo de metal, levando direto para cima. Era muito estreito para abrirem totalmente as asas. As paredes eram lisas demais para as garras.

— Vamos ter de voar direto para cima.

Throbb gemeu em dúvida.

— Fique aí, se quiser — disse Godo, dobrando as pontas das asas. A tensão nos ossos era tremenda, enquanto ele, com fúria, bombeava o ar, tornando as asas um borrão, quinze, vinte, vinte e cinco batidas por segundo, com o coração martelando igualmente rápido.

E estava subindo pelo tubo, alçando-se como um anjo negro do Mundo Subterrâneo, cada vez mais, mandíbulas trincando pelo esforço, saliva saindo em bolhas nos cantos da boca. Ouvia apenas o rugido vulcânico do coração. No momento em que achou que as asas iriam se partir, de repente o tubo se abriu num túnel horizontal. Deixou-se cair, ofegante, na superfície de metal plano.

Não havia tempo para descansar. Virando-se de frente para o vento, começou a se arrastar depressa, sem nem mesmo esperar que Throbb o alcançasse. Aqui a brisa era mais forte, e ele se esforçava por apreender os cheiros familiares da selva, mas não conseguia. Não fazia mal — estava quase lá.

Houve um som, um matraquear rápido, deliberado, ficando cada vez mais alto.

Tchomp-tchomp-tchomp-tchomp-TCHOMP-TCHOMP

Godo virou uma esquina e recebeu um jato de ar que o fez franzir a vista. No fim do túnel, atrás de uma tela de arame, girava uma enorme lâmina retorcida.

— O que é isso? — perguntou Throbb, correndo atrás dele.

— Você acha que sei de tudo sobre os humanos? É algum tipo de armadilha para nos manter dentro.

— Isso vai despedaçar a gente!

Godo o ignorou. Atrás daquela lâmina estava a noite. Dava para sentir o cheiro. Zotz não iria deixá-lo ser derrotado. Concentrou toda a atenção na lâmina giratória, ouvindo atentamente.

A tela de metal não era muito apertada. Com as asas fechadas, eles poderiam passar pelos buracos. Mas a lâmina...

Girava, formava um círculo na extremidade do túnel quadrado, deixando um pequeno crescente de espaço livre em cada um dos quatro cantos. Godo avaliou rapidamente o tamanho.

— Esprema-se e passe — falou a Throbb.

— O quê?

— No canto de baixo, dá para se espremer e passar. A lâmina não vai acertá-lo.

Ele não tinha certeza absoluta, por isso queria que Throbb fosse primeiro.

— Talvez haja outra saída — disse Throbb. — O outro túnel...

Godo mostrou os dentes perto do rosto de Throbb.

— Você vai fazer o que eu mando — sibilou.

Devagar, Throbb se abaixou no túnel. Com as asas apertadas com força de encontro ao corpo trêmulo, chegou perto da tela de arame. Passou metade do corpo e parou de repente, olhando a lâmina giratória como se estivesse hipnotizado.

Tchomp-tchomp-tchomp...

— É rápido demais — gritou por cima do ombro. — Vai me sugar.

Tchomp-tchomp-tchomp...

— Anda!

— Não posso.

Godo saltou para a frente e mordeu a cauda de Throbb. Com um grito, o outro morcego saltou para diante. Godo prestou atenção enquanto a lâmina enorme cortava rápido o ar. Throbb gritou, aterrorizado, quando a ponta passou por ele cantando, cortando uma lista de pêlo de seu ombro. Mas tinha atravessado.

O coração de Godo acelerou. Adiantou-se depressa, espremeu-se através da tela e soltou todo o ar. A lâmina era tão rápida que criava um efeito de redemoinho. Ele fez força contra o empuxo, ouvindo a lâmina com o olho mental.

Saltou para a frente.

Tchomp...

A passagem da lâmina era como um estalo de trovão, cegando-o num dos ouvidos.

Mas ele havia passado incólume.

E de repente estava do lado de fora.

Abriu as asas e se alçou no ar noturno.

— Livre! — rugiu em triunfo, mas o grito ficou preso na garganta.

Onde estava a selva?

Uma galáxia de luzes fortes se espalhava atordoante à sua frente, cânions íngremes e rios luminosos de som. Gigantescas estacas de pedra e luz se erguiam enormes a toda volta. Godo girou em círculos apertados, sem saber onde estava. Tinha esperado que a selva o recebesse, as visões e os cheiros familiares da densa floresta pluvial, o grito dos irmãos morcegos.

Mas essa paisagem era absolutamente estranha. O ruído vindo de baixo era quase insuportável, fazendo sua visão se turvar e pulsar. Ele só conseguia perceber uma névoa de movimento.

Estremeceu violentamente e só então notou que fazia um frio de rachar. A selva jamais era tão fria assim. O ódio que sentia pelos humanos se duplicou. Para onde o tinham levado? Em pânico, olhou para as estrelas.

Não reconheceu nenhuma.

Eram todas diferentes.

E onde estava a lua? Espiralou subindo mais, esperando ver a selva no horizonte. Mas as luzes se espalhavam interminavelmente. Nem podia ver o clarão do sol. Isso, pelo menos, lhe daria um sentido de direção.

Talvez não existisse sol aqui, pensou em pânico, nem oeste ou leste, norte ou sul.

— Onde estamos? — gemeu Throbb, batendo asas ao seu lado.

Mas, de repente, a lua apareceu saindo de trás das nuvens, e o coração de Throbb se encheu de alívio. Era uma coisa que reconhecia, com todos os calombos e reentrâncias familiares.

— Os humanos devem ter nos tirado da selva — disse a Throbb. — Eles nos levaram para o norte. — Godo tinha ouvido histórias, histórias terríveis.

— Está frio demais. Vamos entrar — disse Throbb.

— O quê? — sibilou Godo enojado. — Para a prisão?

— Pelo menos é quente.

— Não, vou voltar à selva.

— Mas quem sabe a que distância ela está?

Godo olhou para Throbb cheio de desprezo. Originalmente tinha planejado comer Throbb depois de escaparem. Uma pequena comemoração de vitória. Mas, agora, naquele ambiente desconhecido, não achava sensato matá-lo por enquanto. Estava numa terra estranha e não se sentia muito seguro. Poderia precisar de ajuda outra vez.

— Vamos achar um caminho de volta — disse, com os dentes trincados. — E vamos chegar lá, uma batida de asas de cada vez.

— Vamos congelar.

— Cale a boca!

Godo estava com frio e precisava de mais comida. Comida para mantê-lo quente.

Lançou o poderoso olhar sônico por sobre os picos da cidade. O eco lhe trouxe de volta a imagem de pássaros aninhados na borda de uma alta torre quadrada.

Pombos. Havia muita carne neles.

Dobrou as garras e mergulhou.

Pombo

Sombra e Marina voavam sobre a cidade, atordoados. Uma interminável trama de luz se estendia, hipnótica, em direção a todos os horizontes. Sons de máquinas vinham de baixo — buzinas e chiados metálicos, e um latejar penetrante que parecia fazer parte do próprio ar. Durante um momento, desconcertado, Sombra quase podia imaginar que as luzes dos humanos eram realmente estrelas, e que estava voando de cabeça para baixo.

Sentia-se exausto. Não tinha comido grande coisa desde que entrara na cidade. Havia menos insetos aqui, e os que ele havia apanhado tinham gosto ruim, fuliginoso e estranho. Só queria achar o marco, orientar-se e ir embora.

Agora estavam atravessando um porto escuro, e adiante, no litoral oposto, havia uma torre de pedra, quadrada, erguendo-se dezenas de metros no céu. Não era como o farol. A torre era muito mais ornamentada, com lajes, relevos e numerosas janelas, algumas acesas e algumas escuras. De um dos lados, perto do topo, havia um enorme círculo branco, maior do que a lua e mais luminoso. Havia marcas pretas perto da borda do círculo, e Sombra podia ouvir um tique-taque regular vindo de trás do círculo luminoso. Cobrindo a torre, havia um telhado muito alto e fino, com fileiras de águas-furtadas nas laterais.

— É isso? — perguntou Marina, impaciente.

Sombra obteve o mapa de som da mãe e tentou ver se combinava. Uma torre, um telhado alto, em ponta. Parecia que sim...

De dentro dela veio um ruído enorme e ressoante, fazendo Sombra e Marina se encolher. *BÓIM!* Em seguida, outro. *BÓIM!* Depois, silêncio.

— O som do mapa — disse Sombra, empolgado. — Deve ser o lugar certo!

Giraram na direção do telhado e pousaram em algumas telhas de madeira pregadas aleatoriamente sobre uma água-furtada. Pendurado de cabeça para baixo, Sombra franziu a testa para o telhado, examinando a silhueta aguçada contra o céu noturno.

— Não — disse ele. — Falta alguma coisa. — E então lembrou. — A cruz de metal. Não tem cruz nesta torre. Pegamos a errada.

— Sombra... — disse Marina, em voz baixa. — Sente esse cheiro?

Pela primeira vez, ele notou o odor intenso e desagradável saindo da janela. A plumagem se mexeu, e uma cabeça enorme se projetou nas tábuas quebradas e fechou o bico no antebraço dele. Sombra espiou horrorizado, o olho relampejante, chocado demais para sentir dor. A próxima coisa que percebeu foi que tinha sido arrancado do poleiro e puxado pela janela, para dentro da torre.

Sentiu golpes dados por asas e foi arrastado com violência pelo ar. Via e ouvia apenas vislumbres de coisas: janelas, tábuas, corpos de mais pássaros, de um tipo que nunca tinha visto — tudo girando, enquanto era puxado cada vez mais para baixo, com o antebraço preso no bico do pássaro.

— Pegamos dois! — gritou a voz de um pássaro. — Acordem! Acordem!

Por fim, foi jogado no chão e solto. Então, Marina caiu ao lado, com um gemido. Estavam em algum tipo de poço, cobertos por grudento cocô de pássaro. O fedor era tão forte que ele quase vomitou. Os dois pássaros que os haviam apanhado arrastaram para cima da abertura uma tábua coberta de piche, prendendo-os.

— Acordem o capitão! — disse outra voz, vinda de cima.

— Pombos — ofegou Marina.

— Você já tinha visto algum?

— Sim — respondeu ela.

— Eles comandam os céus da cidade. Estão em toda parte.

— Mas... mas por que não estavam dormindo?

Marina balançava a cabeça.

— É como se esperassem por nós...

— Eles não podem fazer isso. Não estávamos fazendo nada. A noite é nossa.

— De algum modo, acho que não se importam. Chegamos a um posto de patrulha. Azar nosso.

O poço não era muito grande. Por entre as pranchas de madeira no chão havia raios de luz, e Sombra ouvia um tique-taque rítmico que vinha de baixo. Sabia que a luz devia vir daquele estranho círculo luminoso na torre.

Voou até o pedaço de madeira, empurrou-o suavemente e ele não se mexeu. Os pombos estavam parados em cima, e dava para ver as pontas de suas garras fazendo pressão. Por ali, nunca sairiam.

— O que eles querem conosco? — sussurrou, voltando para perto de Marina.

De repente, empurraram a tábua para trás, e duas cabeças de pombo baixaram e os agarraram. Foram tirados do buraco e largados no chão. Sombra se encolheu perto de Marina, avaliando, rápido, o lugar onde estavam.

Era a parte de baixo do telhado. Traves de madeira se cruzavam acima, como uma teia gigantesca. Empoleirados nas traves, dezenas e dezenas de pássaros resmungavam indignados, batendo asas com irritação.

— Mais luz! — rosnou um dos guardas.

Mais adiante, Sombra viu dois pombos puxando outra tábua. De repente, um facho de luz ofuscante entrou na área do telhado. Ele franziu os olhos e ouviu a terrível agitação, tentando encontrar uma saída.

Mesmo que pudessem decolar bem rápido, teriam de abrir caminho por entre todas aquelas traves. E passar por todos os pássaros. Sombra conseguia ouvir pombos fechando as janelas, com as asas abertas, bicos se abrindo e fechando. Não eram grandes como corujas, mas, mesmo assim, eram muitas vezes maiores do que ele, com peitos enormes e asas musculosas — e aqueles olhos, aqueles olhos estranhos e brilhantes.

Acima, cada trave estava cheia de pássaros, espiando-os com ar maligno. Todo o telhado latejava com o som do rosnado ameaçador e grave que eles emitiam — *currrr, currr, currr* — fazendo as orelhas de Sombra tremerem.

Então, numa trave baixa, a fileira de pássaros se separou com respeito quando um grande pombo se adiantou, com o peito projetado para a frente, a cabeça empinada. Uma cicatriz feia e volumosa descia pelo rosto até a garganta.

— Apresente o relatório, sargento.

— Sim, senhor, capitão! — respondeu o pombo ao lado de Sombra, com um movimento rápido de cabeça. — Pegamos esses dois morcegos do lado de fora do telhado!

— Bom trabalho, sargento. — O capitão, furioso, olhou Sombra e Marina. — Esses são os que você viu, soldado?

Outro soldado, um pombo esguio, desceu voando até a trave e olhou para eles. Havia um corte em seu ombro direito, ainda sangrando, e ele parecia muito nervoso. A cabeça balançava de um lado para o outro. Os olhos chamejavam.

— Não — disse no mesmo instante, e depois começou a rir, agitado. — Esses dois? Não. Não, não, não. São pequenos demais. Os que vi eram... — o pombo estremeceu violentamente e parou de rir. O medo jorrava dos olhos assombrados. — Enormes, capitão. Eram enormes, com a envergadura das asas chegando a pelo menos noventa centímetros.

— Chega — disse o capitão, irritado. Depois de alguns grunhidos de espanto, o outro pombo ficou quieto, com a cabeça indo para trás e para a frente.

Sombra sentiu enjôo. Olhou Marina, em desamparo. De que falavam? Morcegos com envergadura de noventa centímetros...

— Onde estão os outros morcegos? — gritou o capitão.

Sombra não sabia como responder. Que morcegos? Ele estava falando dos asas-de-prata?

— Não sei o que o senhor quer dizer...

O guarda pombo cutucou-o com força, usando o bico.

Sombra gritou:

— O que vocês estavam fazendo perto do nosso abrigo?

— Migrando — respondeu Marina. — Tentávamos achar um marco que nos ajudasse no caminho para o sul. Achamos que esta era a torre certa, mas...

— Quem matou meus dois guardas, no início desta noite?

— Não sabemos.

— Onde eles estão se abrigando?

— Nós não...

— São quantos?

Sombra olhou para Marina. Sabia que agora não adiantava falar; os pombos não escutavam. E sentiu medo. Medo dos bicos rápidos, da raiva que parecia crescer dentro do telhado como uma tempestade de raios.

Um pombo guarda desceu voando até o capitão.

— Senhor, a embaixadora chegou.

— Excelente. — O capitão se virou de novo para Sombra e Marina. — Vocês vão descobrir que a embaixadora é menos paciente do que eu.

No alto da torre, uma sombra escura surgiu numa janela, e Sombra viu a silhueta de uma coruja fêmea. Atrás dela, do lado de fora, dois outros guardas corujas circulavam.

— As coisas pioraram muito — murmurou para Marina.

Olhou, enquanto a embaixadora entrava no abrigo dos pombos lentamente, quase com desdém, a cabeça girando devagar de um lado para o outro. Seu nariz estremeceu. Um silêncio baixou sobre o abrigo, e o capitão voou para recebê-la.

— Embaixadora, bem-vinda. Obrigada por ter vindo tão depress...

— Apanharam os assassinos? — disse a voz grave e aterrorizante.

— Não, embaixadora, são pequenos demais, porém...

— Onde estão?

A coruja baixou até um poleiro perto do chão. Seus olhos chapados observavam Sombra e Marina. Sombra tremeu.

— São espiões — rosnou a coruja.

— Não! — protestou Sombra.

— Eles negam! — gritou o capitão, furioso, e os outros pássaros estalaram as asas, ofendidos, com os rosnados ficando mais graves.

— Nós nos perdemos!

— Não sabem nada sobre os morcegos que mataram os dois pombos?

— Não — insistiu Sombra.

— Talvez estivessem pegando informações para outro ataque — afirmou a coruja ao capitão. — Sugiro que preparem seus soldados.

— Sim, embaixadora.

— Contaram onde os outros estão?

— Não.

— Certo.

A coruja olhou Sombra de volta.

— Asa-de-prata — disse a coruja, pensativa. — De onde você é?

Sombra ficou quieto.

— Responda! — gritou o capitão.

— Das florestas do norte.

— É, foi o que pensei. Um dos morcegos deles violou a lei e olhou o sol.

Um murmúrio de ultraje varreu o interior do telhado.

— Incendiamos o abrigo deles há algumas noites. Suspeito de que os mesmos morcegos sejam responsáveis por esta última atrocidade, capitão. Talvez algum ato de vingança.

— Vamos esmagá-los! — disse o capitão.

— Não se houver outros como os que vi — murmurou o pombo soldado com um corte no ombro. E riu, um riso rápido e estrangulado.

— Já chega, soldado! — interrompeu o capitão.

— Não vou voltar lá e lutar com eles, capitão... não vou... eles têm garras e dentes como...

— Silêncio!

— São as gárgulas; é o que são, as gárgulas da catedral ganharam vida... eu sei...

— Guardas, levem-no! — O capitão se virou para a embaixadora com um ar de desculpas. — O soldado Saunders tem uma tendência a exagerar.

— Nenhum morcego pode enfrentar pássaros — disse a coruja com calma. — Trago uma ordem do rei do Reino do Norte. Ouçam o rei através de mim. Agora os céus estão fechados. Este assassinato de pássaros, cometido por morcegos, é um ato de guerra, e vamos responder à altura. A lei foi violada.

A coruja olhou Sombra com olhos maus.

— Vocês, morcegos, não estão mais protegidos à noite. Qualquer morcego visto no céu, de noite ou de dia, está sujeito à morte. Não vamos tolerar esses atos. Nossos mensageiros já foram mandados a todos os ninhos da cidade e vão viajar o mais rápido possível.

— Não podem fazer isso! — gritou Sombra, furioso.

As noites estavam proibidas. Isso significava que, agora, nenhum deles tinha segurança. Pensou na mãe e no resto da colônia. Será que estariam bem longe ou será que o decreto das corujas iria alcançá-los? Mais do que nunca, sabia que precisava chegar até eles.

— Já foi feito, morceguinho — disse a coruja. — E, se você dá valor à vida, diga onde podemos achar os assassinos.

— Não sabemos de nada.

A coruja se virou para o capitão:

— Devo apresentar meu relatório à assembléia real. Torturem esses dois até que falem, depois mandem me chamar.

— Sim, embaixadora.

A coruja sacudiu as asas e os pombos abriram caminho, enquanto ela se erguia regiamente pelo interior do telhado e desaparecia no céu noturno.

— Preparem os morcegos para ser amputados — disse o capitão aos guardas.

Sombra sentiu todas as juntas ficarem frouxas e líquidas.

— O que isso significa? — perguntou a Marina. — Amputados?

— Não sei — ela gaguejou. — Não...

— Pec! — soou o canto grave e maligno dos pássaros. — Pec, pec, pec, pec.

Scriiiiiiiitttttcchhhhhhh!

As orelhas de Sombra estremeceram de terror. Um grupo de pombos arrastava os bicos contra a pedra.

Scriiiiiiiitttttcchhhhhhh! Scriiiiiiiitttttcchhhhhhh!

Sombra entendeu subitamente. Estavam afiando os bicos.

— Seu castigo será a perda das asas! — decretou o capitão. — Vocês vão se arrastar de volta até seus amigos morcegos e dizer que os pombos desta cidade não esquecerão esse ultraje. Segurem-nos!

— Segurem as asas deles! — gritou o guarda que estava no chão. — Não deixem que se mexam!

Pombos desceram de seus poleiros e começaram a se juntar em volta. Iam tirar suas asas, arrancá-las de modo que ele nunca mais iria voar, nunca iria chegar em casa. Sentia-se desamparado e nu à luz forte. A luz.

— Venha! — silvou para Marina.

Saltou para a frente, passando por cima do círculo de pombos e pousando no piso atrás deles, muito perto do facho ofuscante de luz. Fechou os olhos. Sacudindo as asas, triplicou de tamanho num instante e mostrou os dentes, com um grito de arrepiar o sangue. Três pombos se espalharam atônitos. Marina pousou ao seu lado. Sombra tateou a superfície áspera da tábua com piche.

— Empurre! — insistiu para ela. — Bloqueie a luz!

Juntos eles cravaram as garras e empurraram. A tábua deslizou rapidamente pelo piso.

— Agarrem-nos! — rugiu o capitão. — Segurem as asas deles.

Mas o telhado mergulhou na escuridão total. Sombra sabia que essa era a única chance. Os pombos ficaram momentaneamente cegos.

— Venha — silvou para Marina.

Lentamente se alçou do chão, batendo as asas freneticamente. Com a visão de som examinou o telhado: a teia prateada de traves, pombos se sacudindo cegos e em pânico, as asas desenhando sombras fantasmagóricas no olho de sua mente. Viu a janela mais próxima: um retângulo de escuridão que o chamava. Estabeleceu a rota.

— Peguei um! — gritou um pombo.

— Sombra! — ele ouviu Marina gritar.

— Vá — gritou. — Estou bem.

Mas sentiu a asa pesada do pombo apertá-lo com força para baixo, tentando prendê-lo. Instintivamente cravou os dentes nas penas e acertou a carne. O pombo gritou, e a asa se ergueu bruscamente.

Sombra saltou da trave e caiu quase um metro, antes que suas asas pudessem erguê-lo de novo. Onde estava Marina? Lançou um olhar sônico em pânico e viu sua silhueta esguia indo para a janela acima. Ela a atravessou e já estava do lado de fora. Um pombo saltou para cortar seu caminho, mas Sombra se desviou para o lado bem a tempo e passou pela janela, voltando à noite.

O Guardião da Flecha da Torre

Seis pombos saíram das janelas do telhado, partindo atrás deles.

Sombra olhou por cima da asa, viu os pássaros se espalhando pelo céu para arrebanhá-los.

— Não podemos voar mais rápido do que eles? — ofegou.

— Acho que não — bufou Marina.

— Devem estar meio cegos aqui fora!

— Tem luz suficiente.

Ela estava certa. Não era como a noite na floresta. A luz jorrava subindo da cidade. Eles passavam acima dela, girando loucamente em volta de torres, roçando telhados, mergulhando em vales profundos. O medo de Sombra era misturado à exultação: estava de volta à noite, seu elemento. Nenhum pássaro poderia pegá-lo. Era pequeno, negro como o céu, rápido como uma estrela cadente. Mesmo assim, os pombos prosseguiam teimosos atrás dos dois.

— Venha atrás de mim — disse Marina.

Sombra girou na direção da cidade, seguindo-a. Passou por paredes de luz, máquinas que gemiam, veículos humanos nas estradas luminosas.

— Aonde estamos indo?

— A algum lugar escuro.

Ela mergulhou por um beco estreito entre dois prédios baixos, e ele mergulhou atrás, rasgando as sombras profundas com sua visão de eco.

— Aqui! — gritou ela.

Viraram uma esquina e se lançaram contra uma parede de tijolos cheios de fuligem, grudando-se com as garras. Para garantir, Sombra abriu as asas negras por cima do corpo de Marina, tornando os dois praticamente invisíveis no escuro. Pararam de respirar quando os pombos passaram acima do beco e depois circularam.

— Para onde foram? — perguntou um soldado.

— Por ali, acho.

— Vá. Nós verificamos aqui.

Dois soldados ficaram para trás e se acomodaram na beira do telhado, prestando atenção, as cabeças se movendo rápidas de um lado para o outro. Sombra os olhava com sua visão de eco.

— Está escuro demais — disse o primeiro soldado. — Não vejo nada.

— Nós os perdemos — respondeu o segundo.

— Vamos voltar.

— O capitão não vai ficar satisfeito.

— Mas e se aqueles grandes aparecerem...

— Esqueça o que Saunders falou. Ele é mentiroso. Não existem morcegos assim.

— Então como mataram dois dos nossos? Você viu o ferimento no ombro de Saunders.

— Talvez eles tivessem armas, como é que vou saber?

— Ele disse que os morcegos levaram os cadáveres para longe, com as garras.

O outro pombo não tinha resposta para isso.

— Certo. Vamos voltar. Chame os outros. Vai amanhecer dentro de algumas horas. Podemos mandar outra equipe na alvorada.

Os dois levantaram vôo do telhado e desapareceram. Quando não podia mais ouvi-los, Sombra sugou o ar, faminto. Sentia-se como se há horas não respirasse.

Marina empurrou suas asas.

— Você quase me sufocou aqui embaixo — disse, indignada.

— É, mas funcionou. — Sombra recuou, rindo. Sentia-se feliz por ter saído de dentro do telhado. Porque suas duas asas ainda estavam grudadas ao corpo.

— Pode me agradecer por isso — disse ela. — Eles teriam nos apanhado no espaço aberto.

— Ei, fui eu que matei a luz e fiz a gente sair desse telhado fedorento!

— Isso foi um pensamento rápido — admitiu Marina.

— Claro que sim.

— E um monte de sorte. Temos sorte de estar vivos.

Sombra deu de ombros. Todo o seu corpo estava zumbindo.

— Eles não foram muito durões. Não são grandes voadores, são? Quero dizer, não são tão rápidos como nós, e, para começar, fazem muito barulho e não conseguem manobrar muito bem. Que fuga!

— Vão voltar para pegar a gente.

Sombra suspirou. Ela era muito sensata.

Começou a chover fraco, e de repente ele se sentiu muito cansado.

— Temos de achar a torre certa — falou. Mas como achariam a torre certa nesta cidade de torres? Só queria sair da cidade e continuar a viagem.

— Primeiro, vamos achar um abrigo seguro. Não quero ser surpreendida pelo amanhecer, com todos os pássaros da cidade procurando a gente.

Os céus fechados. As palavras da coruja ecoavam na cabeça de Sombra. Agora nunca estariam em segurança. Durante toda a vida, a noite fora sua, agora ela lhe fora tomada. E tudo porque os pombos disseram que morcegos tinham matado dois deles. Morcegos gigantes.

— O que são gárgulas? — perguntou a Marina.

— Não sei. Está pensando no que aquele pombo falou?

— Talvez eles só tenham inventado isso. — Mas Sombra sabia que desejava que fosse verdade. Queria que houvesse morcegos grandes a ponto de causar medo nos pombos. Talvez tivessem tamanho suficiente para lutar contra corujas.

Com Marina, soltou-se da parede e voou roçando os prédios.

— Será que a gente poderia se abrigar num telhado? — sugeriu.

— Não. Há muitos pombos por aí. Deve haver uma árvore em algum lugar.

Subiram mais alto, para ver melhor, e partiram por cima de uma grande praça cheia de árvores. No centro, havia um enorme prédio de pedras. Não se parecia com os outros. Era mais como o esqueleto de uma enorme fera ancestral, agachada, com a cabeça curvada contra o chão. Na frente, duas ásperas torres de pedra se erguiam como omoplatas pontudas. Estendendo-se para trás, havia um teto agudo, sustentado por arcos de pedra que pareciam costelas. E, na extremidade do prédio, erguia-se a maior torre de todas, afilando-se como a cauda ossuda de um animal.

E ali estava.

Coroando a flecha da torre, havia uma cruz de metal, brilhando prateada à luz da cidade.

— Marina — disse ele.

Com alívio, girou subindo até a flecha da torre, procurando um local onde pousar — e, horrorizado, virou as asas para trás, freando furiosamente.

— Cuidado! — gritou.

Era algum tipo de demônio gigantesco, agachado na base da flecha da torre. Asas pontudas se desdobravam às costas, e os olhos enormes brilharam de súbito. Curvado para a frente como se fosse saltar, tinha as mandíbulas infernais abertas, derramando saliva.

— Há outro! — gritou Marina, desviando-se.

Sombra deu uma cambalhota no ar e partiu atrás de Marina, com os músculos gritando, esperando que as mandíbulas se fechassem sobre ele. Bastaria uma batida de asas, e os monstros estariam junto à sua cauda, a qualquer segundo, a qualquer segundo... não podia suportar mais. Olhou para trás.

— Espera! — gritou para Marina. — Por que eles não estão se mexendo?

Ela circulou cautelosa.

— Talvez não tenham nos visto.

— Eu quase me choquei contra um! — Sem dúvida, se fossem perigosos, já teriam nos apanhado. Com sua visão de eco, olhou de novo. Os monstros estavam agachados nos cantos da flecha da torre, imóveis.

— São morcegos gigantes — sussurrou, espantado.

Fez uma passagem ampla e viu que eram quatro criaturas, uma em cada canto, olhando para a noite. Imóveis como pedra.

— Eles não estão vivos — gritou para Marina. Riu de si mesmo. Eram apenas as luzes da cidade que faziam os olhos dos bichos brilharem. E a saliva, escorrendo da boca aberta, não passava de água da chuva. Marina veio voando ao seu lado.

— Mas o que eles são? — quis saber, espantada.

— São gárgulas — disse um dos seres, numa voz profunda e ecoante. — Os humanos as fizeram.

Sombra saltou para trás; a voz havia definitivamente emanado de uma das mandíbulas escancaradas.

— Venham para dentro — disse a voz de novo, e Sombra a reconheceu. Era inconfundível. Era um morcego.

A garganta do ser de pedra, pelo que Sombra via agora, estendia-se para trás, entrando na flecha da torre, como uma espécie de túnel. Olhou Marina.

— Você espera que eu entre aí? — disse ela.

— É a torre certa. A cruz e tudo o mais. E é certo que há um morcego dentro.

— Não tenham medo — disse a voz do morcego, vinda do fundo da flecha da torre.

— Bem, para mim isso é bom o bastante — disse Marina, com sarcasmo.

— Olhe — disse Sombra. — Tem de ser seguro. Caso contrário, minha colônia não a usaria como marco, certo?

— Entro depois de você.

Ele sabia que teria de ir na frente. Respirou fundo. Não era fácil voar direto para as mandíbulas gotejantes do ser de pedra. Pousou entre fileiras de dentes serrilhados, esperando que eles se fechassem. Mas ficaram firmes, imóveis, naquela careta medonha.

— Parece que está tudo bem — gritou para ela.

Marina pousou relutante ao seu lado, e juntos os dois se arrastaram pela pedra escorregadia, entrando cada vez mais na goela petrificada.

— Isso mesmo, continuem vindo — disse a voz no escuro, e Sombra, lançando um rápido olhar sônico, captou a silhueta de um morcego desaparecendo no fim do túnel.

Acima, um tubo derramava neles água da chuva, e os dois passaram depressa para a pedra mais seca, atrás. O túnel se abriu. Ouvindo, atento, os ecos que retornavam, Sombra viu que estavam dentro da flecha da torre, e o vasto espaço abrigava vários objetos enormes de metal: gigantescos bulbos de flores, ocos por dentro. Os objetos ficavam suspensos num primoroso sistema de cordas, traves e rodas de metal dentado.

— Meu nome é Zéfiro.

Pendurado numa estrutura de madeira estava o morcego mais estranho que Sombra já vira. Tinha tamanho normal, mas o pêlo era de um branco brilhante. As asas, pálidas e totalmente translúcidas, de modo que dava para ver a silhueta escura dos antebraços e dos dedos compridos e finos. Até a trama das veias se destacava.

— Não tem nada a ver com a idade — explicou o morcego, como se percebesse o espanto de Sombra e Marina. — Sou albino: meu pêlo e minha pele não têm pigmento. Até os olhos, quando ainda podia usá-los.

Sombra espiou os olhos de Zéfiro e viu que eram de um branco vítreo, por causa da catarata.

— Venham se abrigar aqui comigo.

Sombra e Marina voaram para cima e cravaram as garras na madeira ao lado de Zéfiro.

— Aqueles seres de pedra — perguntou Marina. — O que são?

— São as chamadas gárgulas.

— Então era disso que os pombos estavam falando! — Falou Sombra. — Para que servem?

— Isto aqui é uma catedral — continuou Zéfiro. — Um lugar sagrado para os humanos, construído há muito tempo. Eles fizeram essas gárgulas para espantar os espíritos e demônios, coisa que só os humanos entendem. Por acaso, elas nos serviram bem aqui, na cidade. Nenhum pássaro ou animal terrestre ousa chegar perto da flecha da torre. Há centenas de anos nós reivindicamos esse lugar como um porto seguro, e sempre há uma sentinela dos morcegos postada aqui, para ajudar os viajantes em necessidade. E nos últimos vinte anos eu tenho sido o guardião da flecha da torre.

— Você mora aqui? — perguntou Sombra.

— Ah, sim, o ano inteiro.

— Então deve ter visto minha mãe — afirmou Sombra, empolgado. — Com Frida e toda a colônia!

— Asas-de-prata, sim — respondeu o morcego albino. — Há duas noites. Não ficaram muito tempo, só o bastante para se orientar.

— Falei que esse era o lugar certo — disse Sombra a Marina. — Eles estavam bem? — perguntou a Zéfiro.

— Você é o morcego que se perdeu na tempestade.

Sombra assentiu, surpreso.

— Eles contaram?

— Acham que você está morto.

Sombra engoliu em seco. Sua mãe.

— Bem, eu estou tentando alcançá-los. Você sabe para onde eles foram?

— Você não tem um mapa de som?

— Tenho, mas... não sei bem se entendo. — Seria muito mais simples se alguém pudesse explicá-lo, para ele não ter de deduzir. Há duas noites a colônia havia estado aqui. A distância entre eles estava aumentando. Teriam de correr. Olhou esperançoso para Zéfiro. — Se você pudesse me dizer...

— Sinto muito, não sei nada. Os mapas de som de uma colônia são um grande segredo. Você deve saber disso.

— Ah. Claro. — Ele não sabia.

O morcego albino franziu a testa e olhou, cego, para Marina.

— Você não é uma asa-de-prata, é? Dá para ouvir a forma diferente de suas asas; até a textura do pêlo é diferente, mais cheio... uma asa-brilhante, não?

— Sim — respondeu Marina, olhando para Sombra, espantada. — Mas eu não pertenço mais a nenhuma colônia, por causa...

— ... da sua pulseira — terminou Zéfiro para ela, com a cabeça ligeiramente inclinada. — É, agora dá para ouvi-la... marcas estranhas... nunca ouvi uma assim antes.

— Você já viu outras?

— Claro. Posso? — Ele estendeu uma garra nodosa e tocou o aro de metal. — Você a recebeu há pouco tempo, não foi?

— Nesta primavera.

— É mais nova do que todas que já vi.

Sombra olhou invejoso de Marina para Zéfiro. O morcego albino parecia mais interessado em falar com ela do que com ele.

— Você sabe para que serve? — perguntou Marina.

— Isso é um grande mistério — respondeu Zéfiro. É uma ligação entre você e os humanos, e...

— Frida disse que era um sinal da Promessa — interrompeu Sombra, impaciente. Mas o morcego albino virou em silêncio os olhos velados em sua direção, e Sombra sentiu como se tivesse levado uma bronca.

— Frida sabe muita coisa. Mas acho que é mais do que um sinal. Os humanos têm um papel a representar no que Noturna planeja para nós. Acredito que eles vão voltar para os morcegos a quem deram as pulseiras. Eles foram marcados por algum motivo. Há algo que os humanos querem lhes dar, isso é certo, mas acho quc eles também querem alguma coisa de vocês.

Sombra olhou para seus finos antebraços. Nu. Sem pulseira. Por que não fora escolhido? E se ele levasse Marina à sua colônia e ela se tornasse especial? E todas aquelas coisas que

Frida tinha lhe dito — sobre ele ter um brilho — seriam esquecidas. Não queria voltar a ser apenas um pirralho.

— Por que tantos morcegos têm medo das pulseiras? — quis saber Marina, e contou a Zéfiro sobre os asas-brilhantes e os asas-cinzentas que eles haviam encontrado no caminho para a cidade.

— É certo ter cautela com os humanos. Os costumes deles são misteriosos, e já atacaram os morcegos. Achavam que éramos prejudiciais, ou pior, espíritos malignos, algo que deveria ser destruído. E sei, com certeza, que houve pulseiras que mataram os que as usavam. E ninguém sabe dizer se foi pela pulseira em si ou pela natureza do morcego que a possuía.

— Meu pai tinha um pulseira — disse Sombra. — E ele descobriu alguma coisa importante sobre isso, mas...

— Ele desapareceu nesta primavera, no sul, sei — completou Zéfiro.

— Dizem que as corujas o mataram. Temos de alcançar a colônia. Existem amigos deles que podem saber de alguma coisa, que podem nos contar aonde ele foi...

— Você sabia que está ferido? — perguntou Zéfiro calmamente.

Como se captasse a deixa, Sombra teve a súbita consciência de uma dor na asa esquerda. Quando olhou, pôde ver um furo minúsculo na membrana, deixando o sangue escuro sair lento. Sentiu-se meio enjoado.

— Um dos pombos deve ter bicado você.

— É — concordou Sombra, e depois: — Como sabe que foram os pombos?

— Tenho bons ouvidos — disse Zéfiro, com um sorrisinho. — Ouço muito do que acontece no céu da cidade. E esta noite houve uma comoção, isso posso garantir. Uma visita da embaixadora das corujas não é um acontecimento normal.

Mas, antes que Sombra pudesse lançar uma saraivada de perguntas, o morcego albino o interrompeu:

— Bem, vejamos o que podemos fazer com seu ferimento. Não é sério, mas precisa ser tratado. Por aqui.

Guiou-os por uma laje de pedra embaixo de uma janela e se acomodou de quatro em meio a uma pilha de folhas secas. A princípio, Sombra achou que elas deviam ter sido sopradas para dentro da torre, mas, depois, percebeu que havia muitas pilhas pequenas e bem organizadas, todas de tipos diferentes, arrumadas ali perto. Algumas eram tão frescas que ainda tinham gotas de umidade, outras tão velhas e secas que estalavam quando Zéfiro as remexia com o nariz. E havia outras coisas também naquela laje atulhada: frutinhas brilhantes, pedaços de gravetos e grandes raízes bulbosas com terra ainda grudada. Insetos, mortos há muito e secos, besouros que Sombra nunca tinha visto e que pensaria duas vezes antes de comer — com armaduras escamosas e chifres em volta da cabeça. Havia pedacinhos de minhocas apodrecidas, vermes e mariposas.

— Para que ele tem tudo isso? — sussurrou Sombra, cheio de suspeitas, na direção de Marina.

— Coleciono — disse Zéfiro, obviamente entreouvindo. — Não precisa ficar com suspeitas. Elas são muito úteis, acredite. Tente manter a mente aberta, eu já estou nesta terra há um pouco mais tempo do que você.

Sombra resmungou, sem graça. Deveria saber que Zéfiro escutaria. Com o olhar sônico tinha visto até o abrigo dos pombos, quase do outro lado da cidade. Ele praticamente podia ouvir os pensamentos.

Depois de um instante, o morcego albino voltou com uma frutinha numa das garras e uma folha na outra.

— Desdobre a asa — disse a Sombra. Em seguida mastigou a frutinha, revirando-a na boca.

— O que está fazendo? — perguntou Sombra.

Sem responder, Zéfiro inclinou-se sobre o ferimento e cuspiu em cima o suco da fruta, muito bem mastigado. Aquilo provocou uma ardência, e Sombra se encolheu.

— Ei!

— Isso vai impedir que uma infecção se espalhe na sua asa. E vai curar mais depressa. — Zéfiro espalhou suavemente com a língua o líquido oleoso.

— Uma frutinha faz tudo isso? — perguntou Marina.

— É uma poção bastante comum. Agora, dormir é o melhor que você pode fazer.

— Não — replicou Sombra. — Não podemos ficar. Quero dizer, temos de ir, já perdemos tempo demais. — Mas se sentia exausto, e agora o corte na asa começava a doer, lançando pontadas agudas no ombro.

— Acredite, asa-de-prata, você precisa do sono. E não poderia encontrar a rota agora, mesmo que quisesse.

Sombra não entendeu. Ia pedir uma explicação, mas Zéfiro já havia mordido um pedaço bem pequeno da folha que tinha trazido. Essa folha tinha uma forma estranha, veios escuros, e Sombra não se lembrava de ter visto alguma igual. Mas, afinal de contas, nunca havia prestado muita atenção às formas das folhas. Não se podia comê-las — pelo menos é o que pensava até agora.

— Abra a boca — disse Zéfiro.

Sombra hesitou.

Com uma leve impaciência, Zéfiro insistiu:

— Vai ajudar você a dormir.

Relutante, Sombra abriu as mandíbulas, encolhendo-se enquanto o morcego albino cuspia o suco da folha em sua garganta. Pelo menos, o gosto não era terrível — na verdade, quase não tinha gosto.

— Esta noite você deve dormir de quatro, com as asas abertas.

— Eles iam arrancar nossas asas — disse a Zéfiro, não sem orgulho. — Contaram que morcegos gigantes mataram dois soldados deles, no início desta noite.

— É, entreouvi um dos guardas corujas.

— E eles vão fechar os céus! — exclamou Sombra, lembrando-se de repente. Que estupidez: deveria ter contado tudo isso antes a Zéfiro. Era importante. Mas, com todas as novidades, as gárgulas e o morcego albino, o encontro da torre certa...

— Também sei sobre o fechamento dos céus — disse Zéfiro, suave.

— Ah, certo — respondeu Sombra. Em seguida bocejou e levantou a cabeça de novo. — Não existem morcegos grandes assim, existem?

— Durma um pouco. Amanhã à noite conversaremos mais.

Sombra já podia sentir um calor pesado, delicioso, se espalhando pelo corpo, e um maravilhoso sentimento de segurança o dominou. Aquele sentimento de estar em casa, num lugar como Porto-da-árvore, perto de sua mãe. Olhou grogue para Marina.

— Acho que, provavelmente, eu vou tirar um cochilo rápido...

O interior da torre pareceu ficar muito escuro — até sua visão de som falhou, com as linhas prateadas se desfazendo — e, em seguida, a pura escuridão silenciosa o engoliu.

Godo pousou ao lado de Throbb numa saliência do poço de metal. Uma fumaça fedorenta subia da escuridão abaixo, mas, pelo menos, eles estavam quentes. Era o melhor abrigo que Godo pôde encontrar nos telhados daquela cidade maldita. Não sabia muita coisa sobre as construções humanas e não tivera muito tempo antes que o sol nascesse.

O sol. Isso, pelo menos, havia lhe mostrado para onde ficava o leste, e a partir daí pôde deduzir o sul. Mas sabia que precisava mais do que isso para ficar no rumo durante uma noite inteira.

Teria de entender essas novas estrelas do norte.

— Precisamos de um guia — disse a Throbb. — Alguém que nos ensine a ler o céu. É o único modo de voltar para casa. Temos de achar um morcego.

Mapa Estelar

Sombra abriu os olhos, como se tivesse acabado de piscar, e viu Zéfiro olhando-o.

— Ah — disse. — Achei que tinha caído no sono.

O morcego albino deu uma risada.

— E caiu mesmo. Dormiu o dia inteiro. O sol acabou de se pôr.

Sombra franziu a testa. Parecia que tinha acabado de fechar os olhos, mas certamente se sentia revigorado e alerta. Lembrou-se do rasgo na asa e olhou: o óleo da frutinha havia formado uma película clara e opaca por cima, e agora a dor era bem fraca.

— Acho que esse negócio de planta funciona mesmo — disse, flexionando hesitante a asa. — Onde está Marina?

— Lá embaixo na catedral. Queria olhar os humanos. — Zéfiro apontou para um poço amplo no centro do piso.

— O que eles fazem lá embaixo? — perguntou Sombra meio inseguro. Nunca tinha visto um humano.

— Algumas vezes eles se reúnem aqui à noite. Falam e cantam. Também rezam. Vá ver, se quiser.

Sombra se levantou da laje de pedra onde tinha dormido e voou várias vezes em círculo ao redor da flecha da torre, para testar a asa. Estava meio rígida e dolorida na hora de bater para baixo, mas não muito má. Voou com cautela em espiral, descendo pelo poço, e sentiu que havia entrado na barriga de uma fera gigantesca.

Nunca estivera num espaço gigantesco. Pilares enormes se estendiam do chão até o teto abobadado. Janelas altas brilhavam nas paredes escuras. O frio escorreu sobre suas asas. Suspensas acima do piso, em longas correntes, havia luzes em suportes de metal circular. Pensou na Promessa: aquele círculo de luz, e se sentiu impaciente. Havia muita coisa que desejava saber.

Abaixo das luzes estavam os humanos, sentados em fileiras bem arrumadas, todos virados para uma plataforma alta em que havia um único homem, vestido com mantos. Sombra manteve a distância, perto dos caibros, lançando rápidos fiapos de som.

Então eles eram assim.

Claro que os humanos lhe haviam sido descritos pela mãe, e sempre havia histórias circulando. Mas eram gigantescos, muito mais altos do que esperava. Seus membros eram grossos e poderosos. Como seria não ter medo de nada?, pensou. Jamais ficar examinando o horizonte o tempo todo, mesmo quando comia, certificando-se de que nada se esgueirasse para cima da gente.

Não tinham asas, claro. Olhou para as costas deles durante um bom tempo, só para se certificar. Sentiu uma rápida pontada de pena. Que horrível ficar grudado ao chão durante toda a vida, enquanto outras criaturas voavam acima! Não conseguia imaginar a impossibilidade do vôo. Mas achou que não deveria sentir pena. Talvez eles não se importassem. De qualquer modo, lembrou-se de Frida ter dito uma vez que eles tinham máquinas de metal que lhes permitiam voar. Parece que tinham máquinas para praticamente tudo. Eram gênios.

Achou Marina observando atentamente os humanos. Ela não o olhou quando Sombra se empoleirou ao lado.

— Nunca vi tantos num lugar só — ofegou ela com um olhar de ansiedade. Como se alguma coisa maravilhosa estivesse para acontecer.

De repente, todos os humanos se levantaram e começaram a falar ao mesmo tempo, com as vozes profundas e lentas preenchendo a catedral. O que estariam dizendo? Uma música estranha e louca espiralou para o alto, saindo de um monte de tubos em cima de uma galeria elevada. Sombra desejou entender o que tudo aquilo significava. A intensa concentração dos humanos carregava o ar, e seu pêlo se eriçou.

— Quero ir até eles — avisou Marina, e Sombra sentiu o desejo que surgia no rosto dela. Não notava a mesma paixão, e isso o incomodou. A pulseira. Tudo tinha a ver com a pulseira, e ele não possuía uma.

— Depois que minha colônia me abandonou — disse ela —, fiquei procurando os dois humanos que me colocaram a pulseira. Uma vez pensei ter visto. Era estupidez, puxa, eu nem tinha dado uma boa olhada neles. Mas, mesmo assim, voei para perto, e foi igual ao que aconteceu com os morcegos. Eles ficaram apavorados. Balançaram os braços, gritaram e cobriram o rosto. — Ela deu um riso rápido. — Não ficaram exatamente felicíssimos em me ver.

— Nem todos os humanos são iguais — disse Zéfiro descendo na direção deles. — Os que dão as pulseiras não terão medo de você.

— Se um dia a gente encontrá-los — observou Marina.

Os humanos pararam de falar e permaneceram de pé, em silêncio.

— Rezam agora? — perguntou Sombra a Zéfiro.

— Sim.

Era espantoso. Por que eles precisavam rezar? Já não tinham tudo de que precisavam?

— Estão lutando uma guerra, vocês sabem — disse Zéfiro.

Sombra olhou-o, espantado.

— Contra os animais terrestres? Acho que deve ser, já que os pássaros são pequenos demais. Macacos? Serão os macacos ou os lobos? Ouvi histórias de como os lobos são fortes...

— São uns contra os outros, pelo que pude perceber.

Humanos lutando contra humanos. Era de entorpecer a mente.

— Por quê?

— Não sei. A luta acontece muito longe. Mas isso não precisa preocupá-los agora. O que preocupa são os pombos. Eles estão procurando vocês.

— Aqui?

— Ah, não se abale. Eles não ousam pousar na catedral. Parece que estão com mais medo das gárgulas do que nunca.

— Alguns acham que elas ficaram vivas — disse Sombra.

— Foram morcegos de verdade que mataram aqueles dois soldados ontem à noite.

— Quem são eles?

— Não sei. — O morcego albino parecia perturbado. — Só ouvi, enquanto eles atravessavam a cidade. São estranhos, e não creio que estejam aqui há muito tempo. Mas provocaram uma coisa terrível.

Sombra sabia que ele estava falando das corujas e do fechamento dos céus. E estava certo: isso significava perigo para cada morcego que existia.

— Mas por que os morcegos atacaram? — perguntou Marina.

— Por que não atacariam? — respondeu Sombra, fungando. — Olha o que os pombos quase fizeram conosco. E as corujas, queimando nosso abrigo. Matando meu pai. Eles é que provocaram.

— Talvez você esteja certo — disse Zéfiro. — Mas isso poderia se transformar numa guerra, e nada se pode esperar da guerra.

Sombra resmungou. Mas e se a guerra fosse o único caminho? Zéfiro não podia saber de tudo. Frida disse que eles não podiam vencer uma guerra contra os pássaros, mas e aqueles dois morcegos gigantes? Se houvesse um número suficiente deles...

— Bem, vou me sentir muito melhor quando a cidade tiver ficado para trás — animou Marina. — De modo que, assim que o menino-prodígio aqui deduzir para onde temos de ir... — e olhou para Sombra, cheia de expectativa.

Sombra suspirou. Sabia que tinha achado a torre certa, e a cruz combinava perfeitamente. Mas também sabia que isso não bastava. Havia mais uma peça no quebra-cabeça. E, sem ela, não havia nada.

De trás das paredes de pedra da catedral veio um som abafado, e as orelhas de Sombra se empinaram.

BÓIM...

E depois outro:

BÓIM...

Era o mesmo som que tinham ouvido na noite anterior, vindo da torre dos pombos. Era a torre errada, mas, mesmo assim, Sombra teve certeza de que era o som do mapa de sua mãe.

— O que é isso? — perguntou a Zéfiro, ansioso.

— É como os humanos medem o tempo. Uma batida para cada hora.

BÓIM... bóim...

Ele invocou o mapa de som da mãe: aquele som... quantas vezes tinha soado em sua mente? Sete? É, claramente sete. E, na noite anterior, ele tinha ouvido apenas três.

Bóim, bóim... até agora eram seis.

Sombra esperou, ofegante.

E então veio um último:

Bóim.

Sete bóins. Era a hora certa. E a torre era o lugar certo. Em sua mente, a flecha da torre e a cruz o chamavam com uma nova urgência.

— Venha! — gritou para Marina.

Sem explicar, bateu asas e subiu de novo pelo poço até a flecha da torre e saiu pela garganta de uma gárgula. Voou por entre as mandíbulas escancaradas e redemoinhou até o topo da flecha da torre. Marina e Zéfiro não estavam muito atrás.

— Acho que entendo! — disse a Marina. — Minha mãe me deu a hora e o lugar onde eu deveria estar, para estabelecer a nova rota das estrelas!

Sombra se pendurou de cabeça para baixo na barra horizontal da cruz. Por sorte, a noite estava límpida: as estrelas se espalhavam pelo céu. O mapa de som de sua mãe era muito preciso. Ele tinha de estar bem no centro da cruz. Arrastou-se até lá. Um círculo de metal oco envolvia o ponto de união. Uma cruz dentro de um círculo. Agora ele reconhecia a imagem!

Dentro do círculo, o céu era dividido em quatro quadrantes.

— Então, o que estamos procurando? — ouviu Marina perguntar.

Uma fileira de estrelas percorria três quadrantes. Qual ele queria? Imaginou de novo um mapa de impressões.

Estrelas.

O céu dividido em quatro.

Uma estrela brilha mais do que as outras e vem na direção dele.

O quadrante superior direito!

É para onde deveria olhar.

E ali estava, bem onde sua mãe havia cantado — uma estrela brilhante. A estrela deles.

— Peguei! — gritou, apontando com a ponta da asa. — Só temos de voar direto para ela! Fácil, hein?

— Seguir estrelas é um negócio complicado — disse Zéfiro. — Você sabe que elas se mexem.

— É? — Claro que se mexiam. Estúpido. Sabia disso, mas havia esquecido, com toda a empolgação. As estrelas não eram simplesmente fixas no céu. Sua mãe tinha explicado como elas se moviam num círculo, todas as noites, terminando onde haviam começado. Mas ele só sabia disso. Ainda não tinha aprendido a navegar pelas estrelas.

— Acho que consigo — disse Marina.

Sombra fez uma careta. Tinha resolvido o quebra-cabeça. E agora Marina precisava fazer o resto.

— Teremos de nos orientar à mesma hora, toda noite — disse ela, olhando o brilho do horizonte a oeste. — Logo depois de o sol se pôr. Assim que sairmos da cidade, não vamos ter aquele bóim para avisar a hora.

— Vocês terão de medir o tempo na cabeça — disse Zéfiro. — Seus corpos sabem muito bem quanto tempo se passou a cada batida de asa. As estrelas se movem numa velocidade fixa: sabendo disso, vocês poderão verificar o rumo durante toda a noite, usando a mesma estrela como guia.

— Ah, claro, agora entendi — disse Sombra, como se não desse importância. Olhou através da cruz. Parecia terrivelmente difícil.

— Vocês vão conseguir — disse o Guardião da Flecha da Torre. — Cada um ajuda o outro.

Sombra olhou por cima da cidade e estremeceu no ar frio. A noite não era mais segura. Os pombos estariam procurando por ele e Marina. A idéia de partir de novo o encheu de cautela.

Quem saberia quanto tempo iria se passar antes de encontrarem os outros? Por um momento desejou simplesmente ficar ali no alto da flecha da torre, com Zéfiro. Não seria tão ruim. Era seguro, e com certeza tinha bastante calor durante todo o inverno. E certamente eles aprenderiam muitíssimo. Zéfiro parecia saber quase tanto quanto Frida...

— É melhor partirem agora, asa-de-prata — disse Zéfiro, gentil.

— É — respondeu Sombra, agradecido. Claro que tinha de ir.

— Siga a sua estrela. — E Zéfiro inclinou o queixo, como se estivesse olhando direto para ela.

— Você consegue *vê-la*?

— Com meus ouvidos — respondeu simplesmente o velho morcego.

Sombra assobiou incrédulo. Como era possível ouvir as estrelas? Era impossível! Elas estavam longe demais.

— Quando você perde um dos sentidos, desenvolve os outros tremendamente. E como você sabe que não pode ouvir as estrelas, se não presta atenção suficiente a elas? É só uma questão de prática e perseverança.

— Acho que sim — concordou Sombra. Em seguida, fez uma anotação mental para tentar ouvir as coisas mais atentamente.

— Vejo coisas aqui dentro também — disse o morcego albino, sinalizando para a cabeça com uma garra branca.

— Tipo o quê? — perguntou Marina.

— O passado, o futuro. É tudo uma questão de ecos. Se você prestar atenção, pode ouvir reverberações de coisas que acabaram de acontecer há um segundo, há uma hora. Se prestar muita atenção mesmo, ainda pode ouvir coisas que aconteceram no inverno passado, ou há dez invernos, como se estivessem bem diante dos seus olhos. A mesma coisa acontece com relação ao futuro. Tudo tem um som, e é apenas uma questão de tempo antes que ele alcance você; mas, se tiver uma audição muito boa, dá para ouvi-lo ainda longe.

— Você pode ver se vamos alcançar a colônia? — perguntou Sombra, impulsivo. Como poderia não perguntar?

O morcego albino se curvou ligeiramente e se imobilizou numa concentração forte. Suas orelhas altas e pontudas se eriçaram e se abriram, como se fossem ajudá-lo a prender o som.

Enquanto Sombra observava atento, a parte de baixo de suas asas pareceram ficar escuras. Sombra piscou, imaginando se seus olhos o estavam enganando. Talvez a palidez da carne de Zéfiro estivesse, de um modo esquisito, refletindo o céu. Mas as asas definitivamente pareciam estar ficando pretas, e então brilhantes, até que...

De repente, Zéfiro cobriu a cabeça com elas.

— Será como todas as jornadas, difícil, e não será o que vocês esperam. — Sua voz parecia distante, insegura. — Vocês vão encontrar um aliado surpreendente, mas tenham cuidado com metal em asas... e... vão encontrar Hibernáculo...

O coração de Sombra acelerou, mas a voz de Zéfiro estava longe de parecer animada quando continuou:

— ... mas outros o estão procurando também, forças poderosas, e não sei quem chegará primeiro, ou se o que eles trazem é bom ou ruim... E seu pai, Cassiel...

— O quê? — exclamou Sombra. — O que é que tem?

O morcego albino hesitou um momento antes de dizer:

— Ele está vivo.

Zéfiro parou e sua cabeça apareceu de novo. Em seguida, dobrou as asas rapidamente de novo.

— Não consigo ouvir mais. Os ecos são muito fracos e confusos.

— Mas você não consegue ver onde...

O morcego albino balançou a cabeça, lamentando.

— Só que ele está longe.

— Vivo — murmurou Sombra, espantado. No fundo do coração sempre esperava que isso fosse verdade. Sua mãe e Frida estavam erradas. Cassiel não havia simplesmente desaparecido, mas estaria onde? Olhou inquieto para o céu.

— Então, adeus — disse Zéfiro. — E boa sorte.

— Obrigado. — Sombra levantou vôo do alto da torre, circulando com Marina. — E obrigado por consertar minha asa. E tudo o mais.

— Adeus — gritou Marina por cima da asa.

Voaram alto, ansiosos para se afastar do topo dos telhados e dos pombos que se abrigavam ali. Marina sugeriu que os dois dividissem o céu, para garantir que não perdessem nada. Sombra tentou acalmar a mente. Seu pai, vivo... Por mais impossível que fosse, sabia que tinha de se concentrar. Forçou todos os sentidos a funcionar como um só. Fungou, prestou atenção, examinou a noite em busca de qualquer sinal de pássaros.

Quando estavam bem acima das torres mais altas e viram toda a cidade gloriosa e brilhante embaixo, nivelaram o vôo. Sombra encontrou sua estrela guia e apontou o nariz para lá.

— Você viu a parte de baixo das asas de Zéfiro? — perguntou, hesitante.

— Eu estava imaginando se teria alguma coisa a ver com a luz — respondeu Marina, ansiosa.

— Eu também.

— Mas...

— Não acha que teve, não é?

Houve silêncio.

— Você também viu, não viu? — perguntou Marina.

Sombra confirmou com a cabeça.

— As asas dele ficaram escuras por baixo.

— É. Estavam pretas como a noite. E cheias de estrelas.

Godo olhou as luzes brilhantes abaixo. Circulava com Throbb há mais de uma hora, espiralando em direção às bordas da cidade, procurando morcegos. Não tinham visto nenhum. Será que existiam morcegos, tão ao norte? Era um pensamento enjoativo. E se não existissem? Como encontrariam um guia? Como chegaria em casa?

Tivera um sonho pouco antes do pôr-do-sol. Estava de volta à selva, refestelado no calor, e, de repente, à sua volta, havia centenas de morcegos, não de sua espécie, mas pequenos, os menores que ele já vira, voando em círculos alegres ao redor, cantando seu nome. O que estão fazendo aqui, perguntou-se, mas ficou cheio de sentimento de triunfo. Até que as árvores gigantes, os cipós e as samambaias da selva tombaram subitamente, e ao redor havia paredes. Paredes humanas, e atrás de uma delas estava o Homem, sorrindo para ele.

Godo balançou a cabeça. Era raro ele sonhar, e tinha aprendido que os sonhos eram sempre importantes, eram um modo de Zotz falar com ele. O que significava?

— Olha! — sibilou Throbb. — Lá embaixo.

Godo olhou pelo céu e sorriu aliviado.

Morcegos.

Céus Fechados

— Você ouviu isso?

— O quê? — perguntou Marina.

— Batidas de asas. — Sombra olhou por cima da asa, varrendo o céu com os olhos e a visão de eco. Nada.

Haviam finalmente chegado aos limites da cidade, e ele estava exausto. Não podia acreditar na sorte. Por duas vezes, tinham visto um distante esquadrão de pombos patrulhando os telhados, e uma vez percebera uma coruja sentinela, em silhueta contra a lua que ia subindo. Mas tinham passado sem ser vistos. Mesmo assim não conseguia afastar a sensação de que eram seguidos. O luar o deixava nervoso. Fazia destacar o prateado em seu pêlo, e algumas vezes Marina positivamente luzia.

Pelo menos agora estavam bem longe do oceano. E podia sentir cheiro de árvores e campos adiante, ouvir as silhuetas familiares. Sabia o que era ficar longe daqui, onde podia comer, onde podia se esconder.

— Ainda não acredito que meu pai esteja vivo — disse. — Mas, onde?

— Ele desapareceu perto de Hibernáculo, certo? É onde você deve começar a procurar.

— E se as corujas o pegaram? — Sombra tinha ouvido histórias terríveis sobre corujas usando morcegos como escravos, para construir ninhos, cavar buracos em árvores. E depois comê-los.

Marina balançou a cabeça. Sombra sabia que, mesmo que o encontrassem a tempo, seria quase impossível resgatá-lo de um ninho de coruja.

— Talvez ele esteja com os humanos — disse ela, esperançosa.

Sombra sorriu. Era um pensamento reconfortante. Mas por que seu pai não viria contar a Ariel e aos outros? A *ele*? Não iria simplesmente abandoná-los, guardar os segredos para si, não é?

A coruja mergulhou por trás, as asas silenciosas abertas, e foi apenas o cheiro forte que fez Sombra girar a tempo. Gritou e saltou de lado — suficientemente rápido para escapar das garras, mas não das asas. O golpe o fez cair girando na direção das árvores, atordoado. Bateu num galho, mas teve o impacto suavizado por folhas secas, e cravou as garras na madeira, para não escorregar.

Olhos enormes se cravaram nele. Tentou sair do caminho enquanto a coruja batia no galho com as asas. Viu Marina se lançar contra as costas do pássaro e cravar as garras e os dentes nas penas densas.

A coruja gritou enfurecida, girou a cabeça enorme e tentou acertar Marina com o bico encurvado. Ela saltou para longe, e a coruja a acertou com a asa.

Em seguida se virou de novo para Sombra. Ele só podia ver aqueles olhos chapados parecidos com a lua — e então alguma coisa grande e escura golpeou o pássaro de lado e se grudou nele. Era como se uma parte do céu noturno tivesse se soltado e mergulhado. A coruja gritou, angustiada. Sombra viu asas pretas e fortes, depois garras, e duas mandíbulas se abrindo e se cravando no pescoço da coruja. Houve um estalo horrível.

Era um morcego.

O morcego abriu as mandíbulas, e a coruja caiu sem vida, com as asas emboladas nos galhos. Ele olhou Sombra.

— Você está bem?

Sombra concordou.

— Obrigado — sussurrou com a garganta seca. Sentia-se muito pequeno. Aquele morcego era pelo menos quatro vezes maior do que ele. Como se as gárgulas de pedra tivessem mesmo ganhado vida. A semelhança era perturbadora. O rosto mais parecia o de um animal terrestre do que de um morcego, com focinho comprido, sujo de sangue, olhos grandes e um estranho nariz aberto, com uma ponta virada para cima.

Um segundo morcego gigante, com envergadura de pelo menos noventa centímetros, circulava acima.

— Meu nome é Godo — disse o primeiro morcego. — E aquele — continuou com um gesto de desprezo — é meu companheiro Throbb.

— Sou Sombra, e... — ele parou e olhou em volta, alarmado. — Marina!

— Estou aqui — disse ela, voando e olhando cautelosa para Godo e Throbb. — Você está bem, Sombra?

— Eles salvaram minha vida — respondeu Sombra, empolgado, virando-se para Godo. — Vocês vieram da cidade, não foi? Foram vocês que mataram os pombos.

— Como você sabe disso?

— Porque eles nos pegaram e queriam saber quem eram vocês — respondeu Marina.

— Eles os atacaram? — perguntou Sombra.

O morcego gigante riu.

— Pombos? Não. Estávamos com fome. — Ele se inclinou sobre o corpo da coruja e arrancou um naco de carne do peito.

Sombra se encolheu, surpreso.

— Vocês não comem carne? — disse Godo com interesse, depois de engolir a carne de coruja num movimento só.

— Não.

— Não querem experimentar um pouco?

— Não, obrigado. — O cheiro era repulsivo, de sangue, e Sombra viu Marina dar alguns passos para longe do corpo da coruja.

— De onde vocês vêm? — perguntou ela.

— Da selva. Se não fossem os humanos, estaríamos lá agora. Escapamos ontem à noite. Olhe. — Godo encolheu a asa, e o grosso aro de metal preto captou o luar. Sombra inspirou fundo e olhou para Throbb, ainda voando acima. Um pulseira brilhava escura no braço dele também.

— Escaparam? — perguntou Marina, franzindo a testa. — Não entendo.

— Você foi prisioneira deles também, pelo que vejo — observou Godo balançando a cabeça na direção da pulseira dela.

— Não. Eles não me prenderam. Só me deram a pulseira e me soltaram. Mas...

— Eles não levaram você para a selva falsa?

Sombra olhou para Marina, que balançou a cabeça, perplexa.

Enquanto comia, Godo contou que fora capturado pelos humanos e falou do mês que passou na prisão parecida com a selva. Sombra ouviu atentamente enquanto o morcego gigante descrevia como os humanos tinham apontado luzes em seu rosto, cravando dardos nele.

— Mas por que os humanos fariam isso? — perguntou Marina.

— Estavam nos estudando. Querem nossos poderes de vôo e nossa visão noturna. Colocam os aros para nos marcar como prisioneiros.

— Não — disse Marina, tão baixo que Sombra quase não ouviu.

Ele não sabia o que pensar. Tudo que Godo dizia se chocava com o que lhe tinham dito. Que a pulseira era sinal da Promessa, um elo entre os morcegos e os humanos, que de algum modo os humanos iriam ajudá-los. Será que Frida e Zéfiro... e seu pai... poderiam estar errados? Sentiu um enjôo.

— Eles não me fizeram prisioneira — disse Marina, teimosa.

Godo deu de ombros.

— Eles não são nossos amigos. E serão punidos — acrescentou em tom sombrio.

Três pios lamentosos chegaram pelo ar noturno.

— O que foi isso? — perguntou Godo, com a crista se eriçando.

— Mais corujas — respondeu Sombra. — Estão chamando a sentinela. Virão para cá, se não tiverem notícias. A gente deve ir andando. Para onde vocês vão?

— Não sabemos. Queremos ir para o sul, para a selva, mas não somos familiarizados com essas estrelas de vocês.

— Vocês vêm de um lugar com estrelas diferentes? — perguntou Sombra.

— Isso mesmo. Mais luminosas e mais numerosas do que estas.

Sombra se virou para Marina, incrédulo. Ninguém tinha lhe contado sobre um mundo de selva onde os morcegos comiam carne e o céu continha estrelas diferentes. Será que Frida ou Zéfiro sabiam sobre um lugar assim?

— Aqui é sempre frio desse jeito? — pergunto Throbb com um tremor.

— Só no inverno.

— Inverno — disse Throbb, como se pronunciasse uma palavra nova.

Sombra ficou surpreso. Talvez não existisse inverno no lugar de onde eles vinham. Começou a sentir-se útil.

— Estamos migrando — explicou. — A cada inverno, vamos para o sul, encontrar um lugar mais quente para hibernar.

— Hibernar? — perguntou Godo.

— Dormir um sono comprido.

— Quanto tempo?

— Meses. — Sombra ficou satisfeito ao ver alguém que compartilhava seu espanto com a idéia de hibernar. — É só isso que fazemos, dormimos e dormimos até o clima ficar mais quente.

— Bem, que coisa incomum! — disse Godo, rindo. — Morcegos que dormem meses seguidos. Que costumes estranhos vocês têm aqui no norte! — Olhou para o céu. — Mas vocês conseguem ler estas estrelas, não é?

— Também estamos indo para o sul — disse Sombra, e acrescentou, impulsivo: — Venham conosco. Estamos tentando alcançar minha colônia. Tenho certeza de que Frida vai poder lhe dizer como voltar à selva.

Godo se virou para ele e deu um sorriso agradecido.

— É muita generosidade sua.

— Não gosto deles — disse Marina. Ela e Sombra estavam sozinhos, caçando insetos na beira do rio.

Sombra pegou um besouro e quebrou a carapaça.

— Bem, me sinto muito mais seguro viajando com eles.

Um guincho estranho soou no piso da floresta, e os dois viram Godo voar para fora das árvores com um rato se sacudindo nas mandíbulas.

— Aqueles dois estão comendo metade da floresta — disse Marina. — Você não se incomoda de eles comerem carne?

— São da selva — respondeu Sombra, impaciente. — Lá tudo é diferente. Na certa é por isso que são tão grandes — murmurou. Fazia sentido, toda aquela carne pesada. Imaginou, se fosse... — fez uma careta, lembrando-se do cheiro forte da coruja. — O que importa o que eles comem? Comemos insetos, eles comem outros animais. Você quer que eu fique triste por aquela coruja? É a segunda coruja que queria me comer, e estavam muito satisfeitas com isso. Ouvi histórias de corujas que comem a gente e puxam as entranhas enquanto a gente ainda está vivo.

— Bem, só se lembre de que foram seus amigos que fizeram os céus serem fechados. E a cada vez que eles matam alguma coisa, um pombo, uma coruja ou um rato, os pássaros e os animais terrestres vão querer vingança. E isso é ruim para a gente e para qualquer outro morcego.

Sombra sabia que ela estava certa, e isso o deixou com raiva. Pensou no rato que Godo tinha acabado de matar. Esperava que Godo tivesse sido cuidadoso, pegando um animal vagabundo.

— Olhe, foram as corujas que começaram. Elas não podem simplesmente fechar o céu noturno para a gente.

— Simplesmente não gosto deles — repetiu Marina. — Não confio neles.

— Lembra-se do que Zéfiro disse sobre encontrar um aliado surpreendente?

— Acha que é o Godo? — Marina agitou as asas. — Ele também disse aquela coisa sobre ter cuidado com metal em asas. Talvez isso signifique Godo.

— Você também tem metal nas asas.

— Eu já pensei nisso, acredite.

— Você não gostou do que eles disseram sobre as pulseiras, não é?

— E você?

— Não. Mas...

— O quê?

— Não significa que não seja verdade.

— Eles não me aprisionaram. Não me colocaram numa sala, não cravaram dardos em mim, nem me estudaram. Simplesmente não acredito que os humanos sejam tão ruins como disseram.

— Zéfiro disse que queriam alguma coisa de nós...

— Mas também disse que eles queriam nos dar alguma coisa — insistiu Marina.

— Não sei. — A cabeça de Sombra começava a doer.

— E a sua anciã, Frida? E Zéfiro? E o seu pai? Você acha que todos estavam errados?

— Não... simplesmente não sei!

— Então quer dizer que minha colônia estava certa o tempo todo. Os humanos são nossos inimigos...

— Não falei isso, Marina...

— E eu que pensei que a pulseira talvez significasse alguma coisa! — Ela deu um tapa na cara. — Mas só significa que sou prisioneira. É isso. Não há mais segredos. Não preciso continuar, não é?

Um silêncio incômodo baixou sobre os dois.

— Quero voltar — disse Marina, em voz baixa.

— O quê?

— Quero voltar.

— Para a ilha?

— Para a cidade. Quero achar aquela selva de mentira.

— Está maluca? E os pombos? As corujas? Não é seguro. E mesmo que ache esse lugar, como vai saber... — Sombra suspirou. — Como sabe que eles não vão machucá-la?

— Como você sabe que seu pai não está lá?

Sombra sentiu que o ar lhe faltava. Encarou Marina. Isso não lhe havia ocorrido. Mas não. Balançou a cabeça, aliviado

— Zéfiro disse que ele estava longe. Lembra?

Marina suspirou.

— Vamos deixar Godo e Throbb...

— Precisamos deles — interrompeu Sombra, decidido. — Nem tínhamos nos afastado duas horas da cidade quando fomos atacados por aquela coruja. Acha que conseguiríamos sozinhos?

Marina ficou quieta.

— Também quero saber o que isso tudo significa. — Sombra ignorou a fungada de dúvida da amiga. — Verdade. Mas vamos encontrar minha colônia, e então podemos conversar com Frida e os outros morcegos, e talvez tenhamos mais respostas.

— Você está bem impressionado com aqueles dois, não é?

Marina o havia apanhado de surpresa.

— Bem...

— São grandes como você sempre quis ser? — Havia um tom provocador na voz.

— Talvez — disse ele, com o rosto queimando. — E daí?

— Gostaria que você não os tivesse convidado para ir com a gente.

— Escute. Estamos seguros com eles. E se houver uma guerra? E se foi isso o que Noturna quis dizer? E até o meu pai dizia que a gente precisava esperar alguma coisa antes de ficar livre. Talvez seja isso.

— O que você quer dizer?

— Godo e Throbb. Há outros como eles na selva, não é? Talvez possamos convencê-los a se juntar a nós. A fazer um grande exército. — Seu coração batia furiosamente, de empolgação. — Você viu como Godo matou a coruja. Para ele, foi fácil. Puxa, olhe só aqueles dois, são guerreiros natos. Se tivéssemos a ajuda deles, poderíamos enfrentar os outros de uma vez por todas... os pombos, as corujas e todo o resto. Todo mundo que queria nos manter banidos. E sei que nós poderíamos vencer.

Aliados Sombrios

Godo arrancou outro naco do esquilo e mastigou pensativo. Olhou o céu. Era a segunda noite que passava com Sombra e Marina, e estava começando a reconhecer algumas daquelas estrelas. Não demoraria muito até conseguir se orientar sozinho, e então poderia fazer uma refeição rápida com os dois morceguinhos.

Mesmo assim, eles eram úteis de outros modos. Godo não entendia as árvores daqui, algumas com galhos finos e sem folhas, outras com espinhos afiados. Foi Marina quem encontrou um lugar para eles se abrigarem na noite anterior, num abandonado buraco de pica-pau. E Sombra tinha mostrado a ele como beber no riacho, quebrando a água congelada. Chamou aquilo de gelo. Gelo. Godo nunca tinha visto uma coisa tão terrível. Era dolorosa de se tocar, com o frio se espalhando pelo corpo como um choque. Agitou as asas e as apertou com mais força em volta do corpo. Mas o vento atravessava mesmo assim. Quanto antes estivesse livre daquele ermo norte, melhor.

Throbb pousou ao lado, com um pardal preso na boca.

— Quero um morcego — gemeu.

— Ainda não — rosnou Godo. — Espere. Você vai ter morcego logo, logo. Tenha um pouco de autodisciplina e lembre-se — acrescentou mau, encarando Throbb direto nos olhos: — também gosto de morcego.

Throbb recuou alguns centímetros e comeu o pardal, carrancudo.

— Quem é essa Noturna, de quem eles ficam falando?

Godo usou uma garra para tirar um pouco de carne de entre os dentes.

— Tem a ver com alguma religiãozinha patética, imagino. — Sombra havia lhe contado a batalha entre pássaros e animais terrestres, o banimento e aquela Promessa maravilhosa. Era tudo ridículo, mas não falou nada, preferindo por enquanto manter Zotz, o verdadeiro deus morcego, em segredo.

— Mesmo que Noturna exista — afirmou em tom de desprezo —, ela não pode ser muito poderosa, olhe só as criaturas ridículas que ela governa.

Throbb soltou uma gargalhada, ao mesmo tempo cuspindo um pouco de cartilagens e ossos.

"São realmente criaturas dignas de pena", pensou Godo. Nem conseguiam se defender dos pombos. As corujas, ele admitia, eram um pouco mais formidáveis — lutar com duas ao mesmo tempo seria um desafio. Mesmo assim, aqueles morcegos viviam num pavor total, com medo de mostrar a cara durante o dia, e, agora, até mesmo à noite, segundo Sombra.

Godo sorriu, satisfeito. Aparentemente, havia começado uma guerra.

E aqueles dois morcegos precisavam dele. Sombra queria que ele conhecesse os líderes de sua colônia. Claro que Godo havia concordado, sabendo que até lá já teria ido embora há muito tempo. Assim que pudesse voar sozinho para o sul, certamente não precisaria da ajuda de uma anciã caquética dos asas-de-prata.

A não ser...

O pensamento penetrou em sua cabeça como a língua de uma cobra. A não ser que Zotz quisesse que ele conhecesse a colônia de asas-de-prata. A não ser que houvesse um desígnio por trás de sua captura na selva pelos humanos. Fazia sentido. Por que Zotz deixaria os humanos trazê-lo para o norte, se não houvesse um objetivo?

O sonho. Centenas e centenas de asas-de-prata voando ao redor dele na selva. E como chegaram lá? Chegaram porque você os levou, disse uma voz dentro de sua cabeça.

— Na selva nunca faz frio — dizia Godo. — O calor paira no ar como chuva. A paisagem é luxuriante, não como essa floresta pedregosa abaixo de nós, mas cheia de flores, plantas e frutas, como vocês nunca viram. E os insetos são muito suculentos. Três ou quatro bastariam para alimentá-los por uma noite.

Sombra ouvia fascinado enquanto voavam pelo céu frio. O que enchia sua boca de água não eram os besouros que Godo descrevia, e sim o calor. Naquela noite havia acordado com um susto ao encontrar uma leve camada de geada nas pontas das asas, e teve de sacudi-las ansioso para afastar aquilo.

Era a terceira noite que passavam com Godo e Throbb, e ainda estavam se orientando pela estrela da catedral. Imaginou quanto tempo demoraria até alcançarem os outros asas-de-prata. O mundo inteiro estava vitrificado com a geada, com os galhos nus das árvores brilhando, prateados. O som dos insetos havia diminuído nas últimas noites, e a caçada estava ficando mais difícil. Menos criaturas vivas saíam à noite. De vez em quando, via enormes bandos de pássaros à distância, também migrando para o sul. Mas, até agora, não houvera sinal de qualquer outra colônia de morcegos, e isso o preocupava.

— Há uma laje abrigada ali — disse Marina, apontando para um penhasco. — Talvez achemos um abrigo, e depois teremos cerca de uma hora para comer.

Sombra estremeceu e olhou para o leste. Odiava parar, sempre achava que estavam perdendo tempo. Mas, pelo menos, o sol significava que faria um pouco mais de calor dali a pouco. Suas orelhas doíam e os pés estavam entorpecidos.

— Quantos morcegos há em sua colônia? — perguntou a Godo enquanto circulavam sobre a laje, procurando abrigos.

— Milhões.

Milhões. Já era difícil imaginar dois morcegos gigantes, quanto mais milhões.

— Provavelmente não há no céu muita coisa que vocês temam — disse Sombra, com inveja.

— Nada. O abutre e o gavião são os únicos pássaros com alguma força, mas eles não ousam nos atacar.

Sombra imaginou como seria não ter medo. Jamais saberia. Era um pirralho. Praticamente tudo no céu era maior do que ele. Mas, se pudesse convencer Godo e Throbb a se juntar à colônia... talvez isso significasse alguma coisa.

Sofria pensando em como pedir, e desistiu da idéia mais de uma vez. O que sabia? Quem era ele para pedir que aqueles morcegos gigantes se juntassem à sua luta? Talvez devesse deixar isso para Frida e os outros anciãos.

Marina encontrou um túnel na face da pedra, suficientemente grande para Godo e Throbb entrarem. Dentro era seco, protegido do vento e suficientemente pequeno para ser aquecido depressa pelo calor corporal. Sombra examinou o piso com atenção.

— O que está fazendo? — perguntou Godo.

— Procurando bolinhas de cocô de coruja. Para garantir que elas não fizeram ninho aqui. — Marina tinha lhe ensinado a fazer isso. As corujas engoliam suas presas inteiras; não mastigavam, e as bolinhas continham todos os ossos e os dentes do que haviam comido. Ele sentia medo de uma noite achar um pedaço de dedo ou um osso de maxilar de morcego. Mas este lugar estava limpo.

— Vocês vivem num medo constante delas, não é?

— Somos pequenos demais para lutar.

— Mas, se cinco de vocês atacassem uma...

Sombra nunca havia pensado nisso.

— Talvez — falou.

— Não podemos deixar que nossos irmãos morcegos sejam tratados assim — disse Godo, feroz, olhando Sombra, e, a princípio, o pequeno morcego pensou que Godo estava com raiva dele, considerando-o covarde. Olhou o chão.

— Venham conosco para a selva — disse Godo. — Você e toda a sua colônia, e peço a ajuda da minha família.

— Você faria isso? — Era mais do que Sombra poderia esperar.

— Podemos juntar um exército e voltar ao norte para lutar contra as corujas.

— Vocês realmente lutariam conosco?

— Seria uma grande honra ajudá-los a voltar à luz do dia, como Noturna prometeu.

— Tudo isso sem a ajuda dos humanos? — perguntou Marina.

Sombra a olhou, surpreso. Ela havia passado quase a noite toda sem dizer uma palavra. Ele sabia que a amiga estava com raiva. De Godo e dele. Olhava Godo, agressiva.

— Eu não contaria com nenhuma ajuda dos humanos — fungou o morcego gigante. — Estão mais interessados em nos prender do que em nos libertar.

Sombra sentiu Marina encarando-o com intensidade, mas não conseguia encará-la de volta. Os humanos... simplesmente não sabia o que pensar deles agora. Pareciam indignos de confiança. Marina achava que eram bons; Godo e Throbb os achavam malignos. Quanto às pulseiras, havia pulseiras como a de Frida e as que queimavam os morcegos vivos. Como poderiam contar com os humanos?

— Talvez Godo esteja certo — falou ainda, evitando o olhar de Marina. — Talvez os humanos não nos ajudem.

— O que você sabe? — reagiu ela, amarga. — Você nem ganhou uma pulseira.

Sombra a encarou, magoado.

— Talvez não, mas...

— Não. Você não sabe como foi. Como me senti. Fui especial, não me importo com o que vocês dizem. Isso significa alguma coisa. — Ela fez uma pausa. — E seu pai também achava, Sombra.

Ele tinha consciência de Godo encarando-o, atento.

— Sei o que meu pai achava — disse, com frieza. — Talvez ele estivesse errado.

— Então você vai simplesmente desistir dele? Partir para a selva sem procurá-lo?

— Claro que vou procurá-lo...

— Então é só de mim que você está desistindo.

Antes mesmo que Sombra pudesse encontrar palavras, Marina voou para fora do buraco de pedra, saindo na noite.

— Marina! — gritou ele, e já ia correr atrás, mas Godo abriu uma de suas asas enormes.

— Não se preocupe. Marina vai voltar. Deixe que ela se acalme.

— Não queria magoar os sentimentos dela.

— E não magoou. Ela colocou esperança demais nessas pulseiras. Agora está com raiva e se sentindo ridícula. Ela vai superar.

— É — disse Sombra procurando-a. Deveria estar muito feliz ao saber que Godo e Throbb iriam ajudá-lo a formar um exército. Mas sentia na barriga um peso enorme de frustração.

— Já conhecemos bastante bem as estrelas — disse Throbb. — Para que servem os morcegos? Vamos comê-los.

— Fale baixo — sibilou Godo, olhando por cima da copa das árvores, para o lugar onde Sombra, sozinho, procurava insetos. — Você vai fazer o que mando, quando eu mandar. Sem mim, você ainda estaria na prisão comendo aqueles ratinhos aguados. Lembre-se disso.

Não tinha contado seu plano a Throbb, e não contaria. Tudo havia se tornado claro demais assim que conseguiu desvendar o sentido do sonho.

Viajaria com Sombra e Marina até encontrarem os asas-de-prata. Depois, iria convencê-los a ir para a selva, achando que montariam um exército.

Mas, assim que chegassem à sua pátria, todos os asas-de-prata se tornariam escravos de sua família. Ano após ano, iriam procriar, gerando um suprimento interminável de carne viva de morcego para eles devorarem.

Iriam se tornar eternas oferendas de sacrifício a Zotz — que, como provação, tinha mandado ao norte seu servo Godo para trazer à selva os asas-de-prata.

Sombra não havia suspeitado de seu objetivo; tinha sido fácil demais. O asa-de-prata era animado, sim, e inteligente, mas também estava desesperado por glória — como se pudesse tê-la algum dia, aquela coisinha esquelética.

Mas Marina... ele se sentia mais preocupado com ela: Marina duvidava dos dois, dava para ver. Parecia que, por enquanto, Sombra estava do seu lado, mas imaginou o quanto ele seria leal para com aquela companheira asa-brilhante. Não podia se dar ao luxo de perder Sombra, e se ela o afastasse...

Virou-se para Throbb.

— Você quer tanto assim comer um morcego? Encontre a asa-brilhante e mate-a.

— Marina!

Agora Sombra estava ficando preocupado. Tinha comido sozinho durante meia hora, e ela ainda não voltara. Marina não deveria sair sozinha, principalmente agora. Poderia haver corujas sentinelas por perto, um bando de corvos...

Passou voando pela laje de pedra onde haviam encontrado abrigo. Não tinha visto Godo nem Throbb. Sentiu o pânico. Será que um esquadrão de corujas havia atacado sem que ele soubesse? E levado todos?

Queria gritar, mas sabia que isso só iria chamar a atenção, caso houvesse corujas por perto. Começou a fazer um círculo amplo ao redor do abrigo, ficando bem alto, acima das árvores, mas as espiando com sua visão de eco. Terminou o primeiro círculo e começou outro, mais amplo.

Nos galhos de um carvalho viu Throbb; curvado, de costas para ele. Com alívio, voou para perto e pôde ouvir os sons ásperos e grudentos de alimentação, de coisas sendo partidas e mastigadas. Espalhada a um dos lados dos ombros e da cabeça de Throbb, pôde ver a silhueta de uma asa sem vida.

A repulsa de sempre deu de súbito lugar ao horror. A visão de eco relampejou nas bordas, e ele foi tomado por uma fraqueza terrível, com medo de desmaiar.

Não havia penas naquela asa.

Tinha uma barra de pêlo brilhante, parecia de couro, com as saliências de dedos compridos por baixo da superfície.

Throbb estava comendo um morcego asa-brilhante.

Fuga

Sombra girou e mergulhou nas árvores, mas era tarde demais.

— Sombra? É você? Sombra!

Agachado no esconderijo, Sombra pôde ver Throbb girando devagar, procurando-o com faróis de som. A cabeça do asa-brilhante caiu das mandíbulas dele e tombou de lado, de modo que Sombra pôde ver o rosto. Quase gritou de alívio. Não era Marina. Tinha de achá-la. Soltou as garras, abriu as asas e voou.

— Sombra!

Iria se manter abaixo da copa das árvores. As asas de Throbb eram grandes demais para segui-lo. Correu pela trama densa de folhas, ziguezagueando, quase virando de costas algumas vezes para não ser empalado num graveto pontudo, nem se chocar num tronco.

Acima, podia ouvir Throbb xingando, depois lançar sons penetrantes pelas folhas e galhos, tentando encontrá-lo. Com as asas tensas, voava em frente, tentando rastrear a posição de Throbb. Em silêncio, sem mexer sequer uma única folha, fez uma curva fechada, voltando na direção de onde tinha vindo. Então, mais duas vezes, fez mudanças rápidas de direção, até não conseguir escutar mais as batidas das asas de Throbb lá em cima.

Espiou por entre as folhas e viu um pedaço do céu. Onde ela estaria? O amanhecer já iria chegar, Marina não poderia ficar longe por muito mais tempo.

Teria de voltar ao abrigo.

Quase sem fôlego, saiu da cobertura das árvores e foi na direção do buraco na pedra. Lançou um rápido jato de som. Nenhum sinal de Godo — ainda devia estar caçando. Mas recuou à entrada no último instante, circulando. E se Throbb fosse mais rápido do que ele e tivesse voltado? E se esperasse lá dentro?

— Marina? — gritou em voz baixa.

— Aqui — veio a voz dela, de dentro do abrigo.

Estava com sorte. Lançou-se no túnel e entrou no buraco de pedra. Ali estava ela, cuidando das asas. Sombra se sentiu tremendamente grato ao vê-la, mesmo que ela o olhasse com frieza, ainda com raiva.

— Marina, nós temos de... — sua pele se arrepiou.

Godo estava empoleirado em silêncio no fundo do buraco, ainda roendo um osso. Parecia impossível imaginar que há apenas algumas horas tinha se sentido seguro com aquele morcego. Agora, vê-lo mastigando o deixou enjoado. Comedor de carne. Comedor de morcego.

— Temos de o quê? — perguntou Godo.

Sombra se obrigou a pousar e respirar fundo algumas vezes. Estava coberto de suor e poeira.

— Eu ia dizer a Marina que ela deveria vir ver uma enorme pedra de gelo perto do riacho.

— Estou cansada — disse Marina, bocejando. — E já vi pedras de gelo antes, Sombra.

— Não tão grandes. — Sombra a encarou, e ela o olhou de modo estranho, antes de concordar rápido.

— Certo, certo, me mostre essa pedra de gelo. Depois vamos dormir um pouco.

— Está bem. Não vamos demorar — disse a Godo.

— Vou também.

Sombra tentou impedir que o rosto ficasse tenso.

— Fantástico. — Tinha tentado escolher alguma coisa que não interessaria a Godo, e sabia que ele detestava gelo. Godo achava que o gelo era uma espécie de insulto pessoal. O morcego gigante devia estar sabendo.

Entorpecido de pavor, foi na frente, saindo do túnel de pedra.

— É aqui — disse Sombra, do lado de fora. Pelo menos se os guiasse para longe do abrigo teria mais tempo antes de Throbb os encontrar. Tempo para fugir, talvez despistar Godo no mato baixo. E o nascer do sol demoraria menos de vinte minutos.

— Ouviram isso? — perguntou Godo.

— É — disse Marina. — Parece uma horda de insetos.

Agora estava ficando mais alto, mas tinha uma regularidade que fez Sombra pensar que não eram insetos, e sim algum tipo de máquina humana. O que quer que fosse, vinha na direção deles.

— Ali está o Throbb — disse Godo.

Sombra olhou. Throbb, vinha na direção deles, rápido. Chegaria em menos de um minuto.

— O que é isso? — ofegou Marina.

Perseguindo Throbb, havia algum tipo de máquina voadora humana, com as asas parecendo um borrão, luzes fortíssimas. Throbb começou a gritar, mas a máquina passou voando por cima dele, encobrindo sua voz. Sombra olhou horrorizado, enquanto ela vinha direto em sua direção e pairava acima. Um vento explodiu ao redor.

Um dardo zuniu no ar, raspando sua cauda, e se chocou contra um galho. Um segundo dardo entrou no peito de Godo.

Rugindo de fúria, o morcego gigante desceu em espiral, sacudindo-se enquanto tentava se libertar.

— Vamos! — gritou Sombra para Marina.

Afastaram-se da máquina voadora, fugindo de volta para a floresta. Sombra voava perto do chão, mesmo sabendo que era perigoso. Guaxinins, cachorros-do-mato, e até cobras podiam saltar e agarrá-los. Corujas, esperando em galhos, poderiam pular neles, como um raio. Mas, acima das árvores, seriam presa fácil para os humanos e seus dardos mortais.

Pássaros começavam a sair dos ninhos, e um coro da alvorada atravessou o ar gélido da manhã.

— Para onde? — Sombra perguntou a Marina, ansioso. Ela era a especialista.

Para seu espanto, Marina pousou no chão.

— O que está fazendo?

Na base de um olmo havia uma grossa camada de folhas molhadas de chuva. Marina farejou-as logo, depois começou a cavar com as garras e a cabeça, enfiando-se cada vez mais entre as folhas. Sombra entendeu e a acompanhou. Trabalhando depressa, logo abriram um ninho profundo. Voltando à abertura, Marina puxou algumas folhas, cobrindo os rastros.

Dentro estava úmido e frio, e os dois se amontoaram. Sombra estava tão cansado que todo o seu corpo tremia.

— O que aconteceu? — perguntou ela.

— Eu vi Throbb comendo um morcego.

— Tem certeza?

Ele assentiu, com os dentes batendo rápido.

— Acho que o humano matou Godo. Aqueles dardos. — Ele se lembrou do que quase o havia acertado. E estremeceu.

— E Throbb?

Sombra balançou a cabeça.

— Quando aquela máquina veio, eu o perdi de vista. — A imagem do asa-brilhante fraco na boca de Throbb tremulou em sua mente de novo, e ele se encolheu. — Espero que o tenham apanhado — disse, em tom vingativo.

— Eu tinha uma sensação estranha com relação a eles, você sabe — disse ela.

Sombra ficou quieto.

— Há duas noites, acordei no abrigo, e Throbb estava me espiando, e havia uma coisa nos olhos dele, uma fome. Como se eu fosse comida.

— Por que não me contou?

— O que você teria feito?

Sombra suspirou, envergonhado.

— Teria rido. Diria que você estava vendo coisas. Sou idiota.

Morcegos que se alimentavam da própria espécie! Eram monstros. Nunca tinha ouvido falar de um animal que fizesse isso, nem mesmo as corujas.

Sentiu um súbito ataque de desprezo por si mesmo. Tinha confiado em Godo, acreditado em cada palavra dele. Ir à selva, montar um exército, derrotar os pássaros e os animais terrestres de uma vez por todas. Pensou que seriam aliados. Pensou que tudo fazia parte da Promessa.

— Você queria ser como eles — disse Marina.

Sombra concordou, arrasado. "Olhe para mim!", gritou em silêncio. "Olhe como sou pequeno!" Quem não iria querer um poder daqueles, o poder de matar uma coruja? O poder de impedir que elas queimassem seu abrigo, de ajudar sua colônia e achar seu pai...

— Mas por que eles não nos comeram logo? — perguntou.

— A princípio eles precisavam de nós, para dar orientações. Depois que ensinamos a ler as estrelas, eles não precisavam mais de nós.

— Pensei que fosse você, Marina. Quando vi o Throbb comendo aquele morcego, pensei que fosse você.

— Deve ter apanhado um desgarrado — disse ela, com voz opaca.

Sombra estremeceu de novo e os dois se aproximaram mais, envolvendo um ao outro com as asas.

— Os humanos queriam matar todos nós, não é? — murmurou Marina, em tom sombrio. — Minha colônia estava certa o tempo todo. Os humanos são maus.

Sombra trincou os dentes sem saber o que diria.

— Aquela máquina veio direto para nós — continuou ela. — Eles sabiam onde nós estávamos.

— Como?

— As pulseiras — ofegou ela. — Deve ser. As pulseiras dizem a eles onde estamos.

O pêlo de Sombra se eriçou. A idéia de ver aquela máquina voltando, aqueles dardos mergulhando contra ele.

— As pulseiras não significam nada, não é? — disse Marina violenta. — Ela só me marca, para que possam vir nos matar. Não é de espantar que minha colônia tenha me expulsado. Eles estão certos. Estou condenada.

— Não — disse Sombra, rouco.

— E você também estava certo. Os humanos não vão nos ajudar. E, enquanto estivermos juntos, você também corre perigo.

Sombra fechou os olhos com força, desejando ser capaz de expulsar todos os pensamentos da cabeça. Tudo havia desmoronado. Não sabia o que restava para acreditar. Tinha se sentido tão seguro ao sair da câmara de ecos em Porto-da-árvore! E, agora, o que sabia? As pulseiras não significavam nada. O pai tinha arriscado a vida em nome de quê? O que Frida sabia? Talvez não existisse nenhuma Promessa. Era uma história, uma mentira, e Betsabé estava certa o tempo todo. Havia apenas o dia, a noite e a lei, e é o que sempre haveria.

— Vamos encontrar minha colônia — disse Sombra, carrancudo. — E vamos descobrir a verdade sobre as pulseiras. Sobre tudo.

Godo caiu com o dardo cravado na lateral do corpo, asas frouxas derrubando folhas congeladas. Bateu no chão sobre um monte de folhas. Sua visão nadou, e era um esforço levantar a cabeça. Uma última tentativa. Retorcendo bêbado o pescoço, cravou os dentes na base do dardo e puxou. O dardo saiu, e sangue jorrou do ferimento. Seus flancos arfavam, tentando respirar. Havia algum tipo de veneno no dardo, como naquelas agulhas que costumavam enfiar nele. Lute contra, lute contra. Estava cansado demais, pesado demais.

Escuridão, e depois...

Folhas secas estalando, o chão vibrando e um par de mãos com luvas o pegou. Ele manteve os olhos fechados, mas de súbito estava totalmente desperto. Concentrou-se nas mãos, avaliou a força dos dedos, onde o aperto era mais fraco. Abriu apenas uma fenda num dos olhos e viu o Homem da selva artificial espiando-o com o rosto protegido atrás de um capuz de plástico.

Godo fechou o olho, respirou fundo e atacou.

Abriu as asas, acertando o homem no rosto e fazendo com que ele cambaleasse para trás com um lento gemido de surpresa. O aperto do Homem afrouxou e Godo livrou o corpo, lançando-se no ar. Mergulhou contra o capuz, cravando as garras no tecido, rasgando-o e arrancando da cabeça do humano.

O Homem tentava pegar alguma coisa do lado do corpo, levantando, tentando apontar. Godo se lançou para baixo, com as garras estendidas, e o arranhou no rosto. O Homem largou o objeto que tinha nas mãos e segurou o talho no rosto.

— Zotz amaldiçoa você! — guinchou Godo, enquanto subia por uma abertura nas árvores, elevando-se ao céu. Num campo ali perto, vislumbrou a máquina voadora, pousada no chão, e mais dois humanos correndo para o mato, na direção do Homem.

— Sombra! — gritou ele. — Marina! Throbb!

— Aqui! Estou aqui!

Throbb vinha na direção dele, batendo asas, e Godo quase ficou feliz ao vê-lo.

— Achei que tinham matado você! — gritou Throbb.

— Era outra poção do sono. Continue voando nessa direção. Vamos nos livrar deles. Onde estão os outros dois?

Os olhos de Throbb se agitaram, culpados.

— Throbb?

— Não sei.

— Por que não matou Marina, como eu disse?

— Pensei que tinha matado... — hesitou Throbb. — Era um asa-brilhante, sozinho, e o matei. Depois, percebi que não era ela. E... — o morcego parou, frustrado.

— E o quê, Throbb?

— E o pirralho viu.

— Seu idiota — disse Godo, com um ódio silencioso. — Não é de espantar que ele estivesse agindo de modo tão estranho. Achei que os dois tentavam fugir. — Ele olhou para Throbb cheio de desprezo. — Você deixou que eles escapassem.

— Havia dardos em toda parte, eu não podia ver...

— Cala a boca.

— Mas nós não precisamos deles. Agora podemos achar o caminho para o sul. Vamos voltar à selva mais rápido sem os morceguinhos para atrasar a viagem.

— Precisávamos do pirralho. Para os meus planos.

Godo ficou quieto, furioso. Deveria ter agido sozinho. Matado Marina, feito parecer que uma coruja a havia atacado. Depois, teria Sombra em segurança, só para si.

Agora tudo estava arruinado. Sombra sabia que os dois comiam morcegos. Como poderia recuperar a confiança dele? Mas, agora, não iria recuar. Não seria derrotado por aqueles morceguinhos. Tinha feito sua promessa a Zotz. E, por Zotz, não iria fracassar.

— Vamos segui-los — disse. — Vamos achá-los.

Terceira Parte

Inverno

Nevou.

A princípio, os flocos caíam macios e lentos. Sombra serpenteava entre eles, fascinado pelos padrões intricados. Lembrou-se da primeira vez em que fora apanhado pela chuva e tentou voar por entre as gotas até ficar tonto e exausto. E muito molhado. Agora espiou o céu e ficou atordoado com a visão, como se as estrelas estivessem caindo suavemente.

— Você pode bebê-los — disse Marina. — Olhe só.

Ele também começou a pegar os flocos de neve com a boca, deixando-os se dissolver na língua, bebendo no ar. Riu deliciado, e o som o espantou. Fazia duas noites desde que haviam deixado Godo e Throbb. Tinham voado constantemente, mantendo a mesma direção e não falando muito. Esta noite estava mais quente do que a anterior, e havia uma névoa subindo. Durante cerca de uma hora, ele e Marina brincaram na neve, rindo e rolando pelo céu prateado. Tentando esquecer.

Mas, logo, um vento soprou forte, lançando a neve num ângulo maligno, de modo que ela ardia nas orelhas e nas asas. As estrelas tinham sido completamente bloqueadas há muito tempo, e era impossível manter o rumo.

— É melhor pousarmos — disse Marina. — Não podemos ver aonde estamos indo.

Na noite seguinte, quando Sombra enfiou a cabeça para fora do abrigo numa árvore alta, todo o mundo estava transformado. Ficou pasmo ao ver o brilho. Luzindo ao luar, a neve cobria a terra em ondulações suaves, formando morros em volta da base das árvores e cobrindo os galhos, fazendo com que parecessem macios e gordos.

A paisagem brilhava, feroz. Um segundo depois de sair do abrigo, Sombra pôde sentir o calor sendo sugado pelo pêlo.

— Você já sentiu um frio assim antes? — perguntou, com os dentes estalejando.

— Voar é o único modo de se aquecer.

Não havia cheiros. Era como se também estivessem congelados, ou talvez fosse apenas o interior de seu nariz que se congelara. Quando o franziu, as narinas demoraram alguns segundos para voltar ao lugar. E fazia um silêncio enorme. Nenhum zumbido de inseto. Nenhum coaxar de sapos nem trilar de grilos. O pânico o dominou. Claro que o frio mataria e expulsaria os insetos. Para onde iam? Também migravam?

— O que vamos comer?

— Tudo bem, ainda há comida.

Marina mostrou. Voando baixo em volta do tronco de um olmo, disse:

— Está vendo?

Ele achou que eram apenas pontos de terra na neve lisa, até que viu alguns se mexendo — ou melhor, saltando.

— Pulgas da neve — explicou Marina. Havia um monte delas. Marina e Sombra iam de árvore em árvore, pegando-as.

— Não são ruins — disse Sombra. — Melhor do que mosquitos.

Num campo aberto, ela mostrou um saco de ovos de louva-deus pendurado num galho que brotava da neve. E, nos galhos finos de um bordo, um casulo de mariposa, coberto de geada cor-de-prata. Numa árvore morta, mostrou onde a casca fora comida por besouros gravadores e formigas carpinteiras, e os insetos ainda estavam lá, só era preciso raspar e cavar um pouquinho.

Não demorou muito até que estivesse com o estômago cheio. E se sentiu muito melhor.

— Você é incrível — disse, admirado.

Marina riu.

— É só o seu primeiro inverno. Você não sabia.

— Como você aprendeu tudo isso?

Ela desviou o olhar.

— Meus pais ensinaram.

Sombra lamentou ter feito com que ela lembrasse.

— Sua mãe também teria ensinado — acrescentou ela. — Não é grande coisa.

— Bem, obrigado por mostrar.

— Tudo bem.

Ele olhou para o céu e identificou a estrela-guia. Parecia mais luminosa do que nunca, assim como as outras, frios e duros pontos de luz na escuridão. Continuaram voando pela noite prateada.

Agora pensava no pai mais do que nunca. E, algumas vezes, quando não se achava capaz de voar por mais um minuto, obrigava-se a entrar num ritmo hipnótico em que cada batida de asa era uma batida mais perto de encontrá-lo: ali, ali e ali. Antes sentia conforto em pensar que ele poderia estar com os humanos; agora, isso era quase tão horrível quanto imaginá-lo com corujas.

— O que é isso? — perguntou Marina subitamente. À distância, Sombra captou formas escuras penduradas nas copas claras das árvores. Chegou mais perto, e sua garganta se apertou.

Asas de morcegos. Asas que não estavam mais presas aos corpos. Espetadas em galhos pontudos, espalhadas sobre a neve branca. Começou a contar e desistiu quando chegou a sessenta. Pelas franjas de pêlo, dava para ver que eram asas-cinzentas.

— Corujas — disse Marina. — Deve ter sido um monte.

Ela apontou para as bolinhas de cocô na neve. Sombra não conseguiu se obrigar a olhar mais de perto. Sabia o que veria ali. Circulou, como se estivesse hipnotizado. Eles deviam estar migrando, e as corujas tinham vindo. Quem sabe quantos haviam matado. E então tinham comido ali mesmo, primeiro arrancando as asas, porque não havia carne suficiente nelas. Sombra tinha visto Godo e Throbb fazer o mesmo com pássaros.

— Talvez não soubessem de nada — falou, engasgando nas palavras. — Não sabiam nada sobre o fechamento dos céus, e as corujas simplesmente vieram e... trucidaram todos.

— Odeio Godo e Throbb — afirmou Marina violentamente. — Isso é culpa deles, também. Se não tivessem matado aqueles dois pombos sujos na cidade, isso não teria acontecido.

Sombra havia temido aquilo o tempo todo. Mas mentira para si mesmo, dizendo que todos os morcegos voariam para longe, antes da ordem das corujas, a fim de fechar os céus. Eles escapariam, pelo menos durante o inverno, dormindo em segurança nos abrigos. Mas não esses asas-cinzentas. E quem sabia até onde os mensageiros das corujas teriam ido?

Talvez até mesmo à sua colônia.

Apertou as mandíbulas com força.

— Gostaria de ser como Godo. Mataria todas as corujas, de verdade. Mataria e...

Marina voou para perto, cutucando-o de leve.

— Temos de sair daqui. Elas podem voltar.

— Eu quero que elas voltem — gritou Sombra, furioso. — Quero pegar uma, só uma... — de repente, estava soluçando, e todas as suas palavras se inundaram. Prendeu o fôlego, retesando o corpo inteiro até que parou de tremer. Respirou entrecortado. Gostaria de que ela não o tivesse visto chorar.

— Desculpe.

Marina balançou a cabeça.

— Desculpar o quê? — E ele viu que os olhos dela também estavam brilhantes de lágrimas. — Mas a gente deve ir mesmo.

Depois de voar durante uma hora, Marina perguntou:

— Você acha que Godo e Throbb estão vivos?

— Você viu aquele dardo acertá-lo.

— É só que... eles sabiam para onde estávamos indo.

O pensamento nunca havia saído do fundo da mente de Sombra — eles podiam estar vivos e podiam seguir a estrela de Sombra.

— Mesmo que estejam vivos, podem ter desistido e ido para o sul.

Marina concordou ansiosa.

— Eles não são feitos para o frio. Lembra como tremiam o tempo todo? Acho que não são tão peludos como nós. Não precisam de muito pêlo na selva. — E fez uma pausa. — Você acha que a gente deveria mudar de rumo, só para garantir?

— Eu gostaria. Mas a gente iria se perder.

— Qual é o próximo marco? Você não contou a eles também, contou? — Havia um tom de censura na voz.

— Não — respondeu Sombra, ofendido. — Os mapas de sons são segredo da colônia.

— Sim, sim. Então, o que é?

Sombra fechou os olhos e tentou acalmar a mente cansada. Olhou:

O mundo noturno, rolando até o horizonte.

A terra subindo lentamente, as árvores imóveis em gelo. Rocha erguendo-se para o céu, picos brancos.

— Vamos para o alto — avisou Sombra. — A terra sobe o tempo todo.

— Montanhas — Marina murmurou.

— E tem mais...

O uivo de um lobo.

Então, vindo do nada, alguma coisa enorme surgiu da escuridão, e tudo que Sombra podia ver eram as duas orelhas pontudas do animal, saltando para ele.

— Lobos — disse com um tremor.

— O quê?

— Há o som de lobos.

Não fazia sentido. Por que sua mãe diria para ele procurar lobos? Eram as feras mais temidas no norte.

— A gente deve ir para onde os lobos estão. — Sombra balançou a cabeça. — E é como se a gente devesse chegar perto, porque vejo um lobo, todo branco, pulando para cima de mim, e a única coisa que percebo são as orelhas pontudas.

— Esse é o marco, hein?

— Desculpe...

— É quase inútil — disse ela, ríspida. — Não significa nada, a não ser que sua mãe quisesse que você fosse comido.

— Foi o que ela me falou — respondeu Sombra com firmeza.

Marina suspirou.

— Certo, certo. Pelo menos sabemos que vamos para as montanhas. Só temos de continuar em frente e esperar que você reconheça o local certo. Pelo menos se Godo e Throbb estiverem vivos, não vão durar muito lá. — Ela o encarou. — Mas nós também não.

— Há alguma coisa errada com minha asa — disse Throbb. Ele a dobrou e esticou de novo. — Tinha ficado dura perto da ponta.

Godo bocejou.

— É porque você é um fracote miserável. — Não iria contar a Throbb sobre a rigidez em suas próprias asas. Que a cada noite precisava mancar antes de levantar vôo. Frio maldito. Não havia como escapar. Penetrava na pele e se assentava no fundo dos ossos.

— Ela não parece bem — gemeu Throbb, ainda olhando a asa.

Godo olhou e viu que a membrana estava ligeiramente pintalgada, como uma bolha. Na selva tinha visto asas apodrecerem e caírem, mas nada como aquelas feridas e o inchaço.

— Não estou vendo nada — grunhiu. Mas verificou rapidamente as pontas das asas. Estavam bem. Throbb era fraco, por isso as dele estavam com bolhas.

Quanto tempo durava o inverno? Quatro meses, não foi o que Sombra tinha dito? Sabia que não sobreviveriam ao relento por muito tempo. Teriam de achar um lugar quente. Teriam de chegar a Hibernáculo.

Era mais difícil achar comida. A terra estava congelada. Nas últimas duas noites, Godo só tinha conseguido encontrar um esquilo, que arrancou de um buraco numa árvore. Seu olhar foi até Throbb. O companheiro tinha perdido peso desde que haviam deixado a selva de mentira, mas ainda havia bastante carne nele. A saliva jorrou em sua boca.

— O que foi? — perguntou Throbb, nervoso.

— Nada.

Throbb ainda podia ser útil.

Zotz não iria deixar que ele congelasse. Godo estava sendo testado, e apenas sua covardia seria punida. Toda noite estabeleciam o curso acompanhando a estrela que Sombra havia mostrado. Era apenas uma questão de tempo antes de os alcançarem, tinha certeza.

Então pegaria com Sombra o resto do mapa de som.

E depois iria comê-lo.

Chegaria a Hibernáculo com a triste notícia da morte de Sombra e ficaria amigo dos asas-de-prata.

Teria um lugar quente onde passar o resto do inverno.

E toda a comida de que precisava.

Transformação

Agora, Sombra estava com frio quase o tempo todo. Tentou se lembrar de Porto-da-árvore num dia quente de verão e não conseguiu.

O terreno vinha subindo constantemente nas últimas três horas. À distância se erguiam montanhas ossudas, com magros cumes gelados.

— Não gosto desse negócio — disse Marina. — Por que sua colônia viria por aqui? É frio demais.

Sombra olhou arrasado para a paisagem. Havia menos árvores e arbustos, e o chão era mais pedregoso. Seria difícil encontrar abrigo. E certamente havia lobos por perto. Podia ouvi-los agora, lançando seus uivos lamentosos e aterrorizantes.

Sem aviso, um vendaval com neve desceu gritando a montanha, e de repente o mundo era um redemoinho branco.

— Marina! — gritou, acima do ruído. — Onde você está?

— Aqui, aqui! — veio a resposta, e Sombra pôde ver a silhueta de Marina, lutando para ficar a seu lado.

Flocos de neve entravam em seus olhos. A visão de eco era apenas uma dolorosa névoa prateada. Sacudiu, desesperada, as asas pesadas de neve, mas não adiantava.

— Não consigo ficar no alto!

— Vamos pousar.

"Mas onde?", pensou ansioso enquanto desciam desajeitados. Tudo era neve e gelo — e lobos. Procurando, desesperado, uma árvore boa, percebeu uma encosta nevada se projetando do penhasco.

— Ali, bem ali! — gritou, inclinando as asas. Não havia tempo para passar e verificar se havia pássaros. Esticou as garras e pousou com neve até o queixo. Estremecendo, levantou a cabeça e se arrastou até Marina.

— Achei que talvez houvesse uma caverna — falou.

— Não é pedra — disse Marina, batendo com as garras. — É madeira. É um telhado.

Surpreso, Sombra espiou por cima da borda. E agora podia ver paredes de madeira cobertas de neve.

— Não há luz vindo das janelas — disse ele. — Acha que há alguém dentro?

De algum lugar na montanha, veio o uivo comprido de um lobo.

— Teremos de correr o risco — respondeu Marina. — É tarde demais para achar outro lugar. Cave.

Juntos cavaram a neve até achar uma prancha empenada, com um buraco grande o suficiente para se espremerem. Dentro, agradecido, Sombra sacudiu a neve do pêlo. Embaixo dos caibros, havia um espaço escuro, surpreendentemente quente e cheio de caixas, pilhas de cobertores antigos e outros objetos humanos que ele não reconheceu. Uma janela minúscula, numa das paredes, deixava entrar uma luz pálida e redemoinhante. Lá fora, o vento gemia.

Imaginou se sua mãe e o resto da colônia estariam presos na mesma tempestade, ou se tinham passado adiante e estariam simplesmente deixando-os cada vez mais para trás. Suspirou. Não havia nada que pudesse fazer.

De repente, seu pêlo se arrepiou, e ele olhou para Marina. Ela estava rígida, com o peito mal se movendo.

Não estavam sozinhos. Com os olhos, Sombra encontrou o buraco de saída no teto, pronto para voar a qualquer momento. Houve um estalo coriáceo de asas, o som de uma garra se prendendo em madeira.

— Um dos nossos — era um sussurro fraco. — ... um dos nossos.

A pele de Sombra se arrepiou. Ficou tenso, pronto para saltar para a saída. Preferiria se arriscar na tempestade do que encarar algum monstro sussurrante...

— Espere — sibilou Marina.

Agora o estalo de asas estava à toda volta, e então outra voz, perto do teto...

— É, ela é um dos nossos.

E outra na extremidade mais distante da cabana...

— Você está certo, ela é um dos nossos!

— Quem está aí? — perguntou Sombra.

De repente, havia uma centena de morcegos no ar, saltando fora de seus esconderijos sob os caibros e ao longo das paredes. Ele nunca tinha visto de tantos tipos diferentes. Identificou asas-cinzentas, alguns asas-de-prata, mas, na maioria, eram completamente novos para ele. Morcegos com rosto preto e nariz pequeno, parecendo de camundongos; morcegos claros com orelhas enormes que pareciam a ponto de cair; morcegos com espalhafatosas cristas de pêlo; morcegos com focinho enorme, pêlo malhado, olhos pequenos e tristes.

Deviam ser de uma dúzia de colônias diferentes. Mas tinham uma coisa em comum: todos possuíam pulseiras.

Uma fêmea de pêlo brilhante se acomodou ao lado de Marina.

— Outra asa-brilhante — disse, toda feliz. — Eu sou Penélope.

— Penélope — murmurou Marina, encarando-a espantada. — Ouvi falar de você. Mas disseram que você recebeu a pulseira e foi morta por ela. Há três anos.

Penélope balançou a cabeça, sorrindo.

— Não. Eles inventaram isso. Só me expulsaram da colônia porque eram supersticiosos. Há dezenas de nós aqui, e as pulseiras não machucaram ninguém.

Marina confirmou com a cabeça, e Sombra viu os olhos dela se enchendo de lágrimas. Ela pigarreou.

— Você é a primeira asa-brilhante que eu vejo há um bom tempo.

— Que bom que você veio. É incrível como pôde nos encontrar nessa tempestade.

— Foi sorte.

— Não — respondeu Penélope. — A pulseira trouxe você até nós. Foi assim que todos nós achamos o caminho. Estamos unidos. Este é um dos motivos para os humanos nos terem dado as pulseiras: para que pudéssemos nos juntar...

Meu pai. O pensamento saltou na cabeça de Sombra. Será que seu pai tinha vindo para cá? Para estar com os outros morcegos que tinham pulseiras?

— Há algum Cassiel aqui? — perguntou, ansioso. — Um asa-de-prata?

Pelo simples olhar vazio de Penélope, Sombra soube a resposta, e se sentiu desapontado.

— Não há ninguém aqui com esse nome — disse outra voz. Vindo na direção deles, havia um macho mais velho, com as orelhas mais compridas que Sombra já vira. Elas subiam eretas, e, em comparação, faziam o rosto dele parecer pequeno. Sua visão de eco devia ser incrível, pensou Sombra. Imaginou se esse morcego poderia ver o passado e o futuro, como Zéfiro.

— Sou Siroco — disse o morcego, empoleirando-se ao lado deles. — Bem-vindos.

Sombra não pôde deixar de notar que o cumprimento era principalmente para Marina, e que Siroco lhe dirigiu apenas o mais rápido cumprimento com a cabeça. Ele olhou atentamente a pulseira dela.

— É, pela forma e pelas marcas acho que não se passou um ano desde que você recebeu a pulseira. Estou certo?

Marina concordou.

— Ganhei na primavera passada.

— E você sabe a importância dela? Sabe que faz parte da Promessa de Noturna?

Sombra olhou Marina e os olhos dela baixaram tristes. Ela ficou quieta.

— Qual é o problema? — perguntou Penélope.

— Eu pensava assim — sussurrou Marina. — Que significava alguma coisa. Mas não é verdade.

— Por que diz isso?

— Conhecemos outros morcegos com pulseiras, não eram daqui, e sim da selva. Eram grandes, muito maiores do que nós. Podiam matar pássaros, até corujas. E comiam morcegos.

Penélope ficou pasma, e um murmúrio de horror percorreu a cabana.

— Continue — instigou Siroco, suave.

Marina contou tudo o que tinha acontecido desde que haviam encontrado Godo e Throbb. O morcego de orelha comprida ouviu atentamente, interrompendo de vez em quando com perguntas. Depois de ela ter contado sobre a máquina voadora que tinha visto e dos humanos que os haviam tentado matar com dardos, ele aprovou com a cabeça.

— Os humanos prenderam aqueles morcegos por algum motivo.

— Godo disse que eles os estavam estudando — contou Sombra. Começou a se sentir deslocado. Também tinha uma parte naquela história, e não gostava de que Marina estivesse contando tudo. Mas Siroco apenas o olhou brevemente antes de se virar para ela.

— Foi o que disseram, mas você sabe que eles são mentirosos. Os humanos sabiam que eles seriam um perigo para o resto de nós. Queriam manter esses morcegos fora do céu. Eles não deveriam escapar.

— Não — falou Marina. — Mas então por que eles receberam pulseiras?

A mesma pergunta estivera na ponta da língua de Sombra, mas ela foi mais rápida.

— Você disse que as pulseiras deles eram pretas. Fiquei impressionado com esse detalhe. Nenhum morcego aqui recebeu pulseira preta. Nossas pulseiras são prateadas e brilhantes, como o sol, porque estamos destinados a voltar ao sol. Qualquer morcego que use preto jamais poderá deixar a noite. Aqueles morcegos foram marcados, certamente, mas não como parte da Promessa de Noturna.

Marina olhou rápido para Sombra, e este viu a fagulha de esperança nos olhos dela. Mas ainda havia algumas coisas que não faziam sentido. Pigarreou.

— Mas por que os humanos tentaram nos matar? — perguntou em voz baixa. — Um dos dardos deles quase me acertou.

De novo Siroco lançou-lhe um olhar rapidíssimo. Era como estar de volta a Porto-da-árvore, e Ventoforte o ignorando, e ninguém ouvindo. Sentiu-se desagradavelmente pequeno. Não tinha pulseira. Era um forasteiro aqui, e isso o fazia sentir-se péssimo. Tinha visto a câmara de ecos, Frida dissera que ele possuía um brilho. Também estava procurando as respostas.

— Não creio que os humanos tivessem qualquer intenção de fazer mal a você — respondeu Siroco. — Eles acertaram Godo, sim, e só podemos esperar que também tenham atirado em Throbb. Eles não estavam caçando vocês. Estavam protegendo-os.

Sombra soltou o fôlego devagar. Poderia ser verdade?

Marina assentiu lentamente.

— Nós fomos estúpidos em voar para longe. Eles poderiam ter nos ajudado.

— Não se preocupem — disse Siroco. — A Promessa de Noturna está para ser cumprida. Vamos voltar à luz do dia. E vamos nos tornar humanos.

Humanos.

Sombra escutava perplexo. Nunca na vida teria adivinhado. Sempre que pensava na promessa de Noturna, presumia que iriam voltar à luz do dia como morcegos. Mas Siroco disse que primeiro haveria uma transformação, e que todos os que receberam pulseiras iriam se tornar humanos. Era assim que, finalmente, ganhariam de volta o sol. Nunca mais teriam de viver com medo dos pássaros e dos animais terrestres.

Olhou Marina, enquanto escutava. Desde que tinham deixado Godo e Throbb ela estivera tristonha, trancada em seus pensamentos, mas agora seu rosto brilhava de empolgação, e quando ela captou seu olhar, deu um sorriso luminoso.

Ele teve de desviar os olhos. Por que não estava mais feliz? Viera encontrar o segredo das pulseiras, e agora sabia. O que Siroco dizia parecia ser de verdade. Então por que se sentia incomodado? Talvez fosse apenas choque, esta nova idéia de deixar o corpo em troca de outro. Como os tinha invejado na catedral! Quisera a força deles, o tamanho, mas será que queria *virar* um deles? Eles pareciam lentos, pesados. Não enxergavam à noite.

Não podiam voar.

Sombra juntou coragem. Sentia como se estivesse de novo diante das anciãs, no abrigo mais alto de Porto-da-árvore.

— Como vocês têm certeza... quero dizer, da transformação?

— Porque ela já começou — respondeu Siroco.

— Humano... humano... — veio um sussurro empolgado dos caibros.

— Olhem — disse Siroco.

Ele foi até um espaço livre no meio do piso de madeira.

— Vai chegar logo. Posso sentir nos ossos — disse ele, fechando os olhos, com a testa franzindo de concentração. — Logo meus ossos de morcego se tornarão ossos humanos. Minhas pernas vão se esticar e ficar compridas, e se tornar pernas humanas.

Com um movimento rápido dos pulsos, o morcego de orelhas longas se empinou nas pernas traseiras, balançando suavemente por um instante, antes de alcançar o equilíbrio. Sua cauda se arrastava no chão.

— Transforme-se! — entoavam os morcegos acima. — Transforme-se!

Pesado, Siroco deu alguns passos com as patas traseiras, asas apertadas contra o corpo, a cabeça inclinada para a frente. Andando, como um humano.

Uma estranha energia preenchia a cabana, e, alarmado, Sombra olhou Marina. Ela estava espiando Siroco, espantada, com os olhos em chamas.

— Minhas garras vão ficar rombudas, os dedos vão encolher! — dizia Siroco. — Meu pêlo vai ficar fino, o rosto vai alisar e ficar chato. Minhas asas vão murchar e cair dos ombros, como a pele inútil de uma cobra!

— Transforme-se! Transforme-se!

Sombra engoliu em seco, o coração disparando. Agora os passos de Siroco eram mais confiantes, e as asas estavam dobradas com tanta força que pareciam ter desaparecido... e seu rosto parecia mais pálido, menos peludo...

A visão de eco de Sombra oscilou. O próprio ar na cabana parecia carregado de luz e som. Balançou a cabeça; espantado, olhou Siroco. O que estava acontecendo?

— Agora estou dizendo a todos — gritou Siroco — que vou ficar alto, forte e poderoso. E andar à luz do dia como um humano!

— Transforme-se!

O corpo de Siroco estremeceu e, de repente, rompeu a própria pele, disparando para o alto.

— Transforme-se! — gemiam os morcegos febrilmente. Quando Sombra olhou para Marina, viu que ela também cantava. Sentia-se muito sozinho e com medo. Girou de novo na direção de Siroco e gritou, assustado.

Parado no meio da cabana, havia um humano. Mas ainda tinha olhos de morcego, e orelhas pontudas se projetavam de sua cabeça. Quando sorria, os dentes eram de morcego. Com presas pontudas saindo do maxilar superior.

— Humano! Humano!

Sombra fechou os olhos com força, atordoado. Havia alguma coisa que não estava certa naquilo, alguma coisa que não era natural. Quando olhou de novo, o humano tinha desaparecido. Siroco estava de volta no chão, um morcego de orelhas grandes, com pêlo claro, apoiado nas quatro patas. Os outros na cabana tinham caído num silêncio exausto. Ele só ouvia o som das respirações ofegantes.

— Vejam bem — disse Siroco em triunfo. — Estamos muito perto. Não vai demorar muito até que os humanos venham nos pegar, e que Noturna nos deixe ficar totalmente transformados para sempre!

Siroco olhou com gentileza para Marina.

— Junte-se a nós — disse ele. — Espere conosco a chegada da luz. Não vai demorar.

— Fique — disse Penélope, a outra asa-brilhante. — Por favor, fique.

E um coro se ergueu dos outros morcegos.

— Fique, fique!

Marina olhou para ele.

— Por que não ficamos, Sombra?

— Não — disse Siroco, sério. — O asa-de-prata não pode ficar.

— Por quê? — perguntou Marina.

— Ele não é um dos escolhidos. Noturna ficaria com raiva se deixássemos que o indigno ficasse. Ela pode decidir impedir que todos nós nos transformemos. Sem pulseira, não há promessa.

— Meu pai tinha pulseira — disse Sombra, indignado —, e a anciã da...

— Isso não é da nossa conta — disse o morcego de orelhas compridas. — Os que não têm pulseira jamais se tornarão humanos. Morrerão no escuro, com todos os outros que não foram escolhidos. — Siroco se virou e mirou os olhos de Sombra pela primeira vez. — Sinto muito, mas é a verdade.

Sombra se virou, humilhado e com raiva. Tinha vindo até aqui, procurando uma resposta, e agora havia encontrado. Mas não fazia parte dela. Escolhido. Como alguém era escolhido? O que tinha feito de errado? Se Marina podia receber uma pulseira, por que ele não? Ela não era tão especial. Se ela possuía uma, *ele* também deveria ter. Durante toda a vida, estivera à margem das coisas, o pirralho. E agora isso. Sentiu o rosto endurecer. Com o canto do olho podia ver Marina observando-o, ansiosa.

— Fique — disse ele, numa voz tensa.

Marina balançou a cabeça, e a dor nos olhos fez Sombra se derreter. Virou-se para ela. Marina tinha esperado muito tempo, quase sempre sozinha, querendo que houvesse alguma coisa especial em sua pulseira. E agora tinha achado a resposta, e um grupo de morcegos que, finalmente, não a expulsavam, queriam que ela ficasse com eles para sempre.

— Você precisa — disse ele. — Você precisa ficar.

— Mas...

— Vou achar minha colônia. Meu pai.

Os olhos de Marina se agitaram, e ela arranhou as garras na madeira, infeliz.

— Não é tão longe assim, certo? Você provavelmente está quase chegando. — Marina o olhou desesperada. — Você vai ficar bem, não vai?

Queria que ele dissesse sim, dava para ver. Sombra confirmou balançando a cabeça vigorosamente.

— Ah, claro, sei o resto do caminho. Tenho o mapa. Você me ajudou muito.

Sombra olhou a pequena janela no alto da parede, e, pela luz, dava para ver que não estava mais nevando. Nem dava para escutar o vento. Ainda restavam umas três horas da noite.

— Tenho de ir.

Marina chegou perto e o envolveu forte com as asas. Ela estava tão quente!

— Sinto muito — sussurrou ela em seu ouvido. — Você entende, não é?

Ele confirmou com a cabeça e tossiu, impaciente, afastando as lágrimas.

— Boa sorte, Sombra.

— Para você também.

Ele disparou até a abertura no teto e se lançou na noite, sem olhar para trás.

Godo inclinou a asa quase congelada e circulou acima do terreno estéril. O gelo cobria seu focinho. Mas os olhos chamejavam. Espiava atentamente o chão.

— O que é? — perguntou Throbb.

Godo farejou, depois levantou uma das garras para tirar o gelo das narinas largas. Farejou de novo, esforçando-se em captar cada cheiro no ar congelado.

Sorriu. Zotz tinha salvado sua vida outra vez.

E balançou a cabeça na direção de uma cabana feita pelos homens, meio coberta pela neve, quase invisível contra a montanha.

— Comida. E muita.

Orelhas de Lobo

Sombra nunca havia se sentido tão sozinho. Estava tão acostumado com a companhia de Marina que parecia impossível ela não estar ao lado de sua asa ou logo adiante, provocando-o para se apressar.

O mundo inteiro era um eco vasto e dolorido — as árvores esquálidas, as pedras, tudo vazio, tudo sem alegria.

As palavras de Siroco ressoavam em sua mente: você vai morrer no escuro, com todos os outros que não foram escolhidos. Ele não tinha lugar no futuro. A Promessa de Noturna não era para ele; jamais viveria para andar à luz do dia, como um humano.

Mas Marina sim. E Frida. Seu pai também. Para eles estava ótimo. A raiva o dominou. Por que Frida não havia lhe contado? Será que ela realmente não sabia ou será que estava apenas escondendo, porque Sombra não tinha uma daquelas preciosas pulseiras? E o pai dele? Por que não estava aqui para ajudar, para explicar as coisas? Talvez estivesse apenas escondido com sua pulseira em algum lugar, esperando para virar humano. Balançou a cabeça. E o que aconteceria com ele? E com sua mãe e todos os outros morcegos sem pulseira?

Não queria acreditar.

Olhou as estrelas e ficou vendo-as piscar, como se de fato fossem a parte de baixo, brilhante, das gigantescas asas de Noturna. A deusa dos morcegos só precisava fechar as asas e toda a noite desapareceria, substituída pela claridade do sol. Abrindo-as de novo, as estrelas voltariam.

O que ela estava fazendo lá em cima, imaginou Sombra, se é que de fato estava lá? O que guardava para ele, um morcego pirralho, tentando achar sua colônia?

As estrelas não falavam.

Eram sempre silenciosas. Não tinham canção, pelo menos nenhuma que ele pudesse captar. Talvez Zéfiro pudesse ouvi-las, mas Sombra sabia que sua audição nunca seria tão boa.

Adiante, os picos das montanhas se erguiam altíssimos. Como ele poderia voar suficientemente alto para transpô-las? Farejou, olhando para o leste e o oeste tentando avaliar as horas. Uma hora da madrugada, talvez um pouquinho mais. Nesta noite não havia como conseguir. Queria se perder no assobio do vento em seus ouvidos.

Pela primeira vez sentiu medo da noite. Via sombras de som, manchas de movimento prateado nas bordas da visão de eco. Um monte de folhas mortas fez redemoinho no ar e se transformou em Godo, abrindo as asas em sua direção. O grito distante de uma coruja se transformou numa interpretação maligna de seu nome: "Sombra! Sombra!"

De repente, ficou chocado com a vastidão da noite, todo o espaço vazio bocejando ao redor. Talvez *houvesse* algo terrível na escuridão, e ele simplesmente não tivesse percebido antes desse momento.

Havia alguma coisa atrás dele.

Com os pêlos eriçando, olhou para trás no instante em que algo passou por cima, tão baixo que roçou suas asas. E ali estava ela, à frente, com o pêlo brilhante reluzindo à luz das estrelas, como algo saído de um sonho.

— O que está fazendo? — perguntou ele.

— Ei, você não parece muito feliz em me ver!

— Você... você me assustou!

— Vou com você.

— Mas... por que mudou de idéia?

Marina circulou de volta e chegou ao seu lado.

— Foi só que não pareceu certo ficar lá sem você.

— Eu ficaria bem sozinho — disse Sombra, tentando parecer amolado e não tendo muito sucesso.

— Ah, sei. Mas falei que ia achar sua colônia com você, e, se não for até o final, vai parecer que desisti.

Sombra não sabia o que dizer. Sentia-se agradecido demais por tê-la de volta. Mas ficou triste ao pensar que ela estava deixando passar a chance da felicidade.

— Tem certeza? — perguntou, cauteloso.

Marina hesitou apenas um segundo, depois concordou.

— O único motivo para eles serem gentis comigo era essa coisa no meu antebraço. Não tinha nada a ver comigo. Era exatamente como aqueles asas-cinzentas que encontramos, lembra? Eles gostaram de você e me odiaram por causa da pulseira. E esses outros morcegos não foram diferentes. Gostaram de mim e odiaram você porque *não* tinha pulseira. Afinal de contas, é só um pedaço de metal.

Ele a encarou, surpreso.

— Então você não acredita neles?

Marina suspirou.

— Parte de mim quer acreditar; mais do que tudo. Parece tão maravilhoso! E o modo como Siroco começou a mudar... Você acha que foi um truque?

— Pensei nisso. Parece que ele estava cantando uma imagem de som na cabeça de todos nós. Ou talvez todo mundo na cabana também estivesse cantando a imagem, simplesmente desejando tanto... como é que eu vou saber?

— Fiquei pensando numa coisa que Zéfiro disse. Lembra, ele falou para ter cuidado com o metal nas asas. Talvez fosse isso, talvez fossem todos aqueles morcegos com pulseiras. Meu coração diz que não pode ser verdade. E... a idéia de virar humana... não sei se gosto disso.

— Nem eu — disse Sombra, entusiasmado. — Pense em todas as coisas que a gente não poderia fazer. Estou bem feliz em ser morcego.

— Sei. De qualquer modo o negócio não parece justo. Não fiz nada para merecer essa pulseira. Puxa, por que recebi a pulseira, e não outro morcego? Por que não você?

— Isso mesmo. Eu também deveria ter uma coisa dessas.

— Bem, não sei — disse ela, e depois deu um sorriso maroto. — Quero dizer, você não é tão fabuloso quanto eu, não é?

Sombra riu.

— Tenho certeza de que não — disse, agradecido.

Marina ficou pensativa de novo.

— De qualquer modo, se o que eles disseram é verdade, posso voltar. Depois de termos achado sua colônia e seu pai. Mas você é o único morcego que gostou de mim por causa de quem eu sou. Você não se importou se eu tinha pulseira ou não. Isso o torna o melhor amigo que já tive.

Os dois dormiram o dia inteiro abraçados, sob as raízes congeladas de um pinheiro solitário na encosta da montanha.

O uivo dos lobos enchia o ar.

Estavam quase no cume, e o vôo era lento. O vento soprava contra, tornando cada batida de asas um esforço enorme. Sombra olhou para baixo e viu uma loba com o companheiro, saltando pela neve, subindo ainda mais nas montanhas.

— Talvez haja um covil aqui em cima — Sombra falou sério. Sua mãe não iria guiá-lo a um covil de lobos, iria? Ele examinava o mapa de som repetidamente, estudando as imagens que a mãe havia cantado. Mas não conseguia entender melhor. — Temos de continuar em frente.

Um leve assobio o fez olhar por cima da asa e fazer uma rápida varredura sônica. O som se dissolveu no ar e ele não captou nada. Não era a primeira vez, esta noite, que ouvia o estranho assobio metálico. Era só o vento, imaginou, gritando através dos galhos finos.

Seus ossos doíam, o couro das asas estalava com o frio. Bateu-as, obstinado contra o ar gélido, para cima, para baixo, para cima, para baixo. O vento queimava suas orelhas, e o resultado é que a visão de som era entorpecida, com as imagens de eco borradas e lentas. Sabia que morreriam congelados se não atravessassem o cume esta noite. Não tinham comida no estômago, nem mesmo uma única pulga da neve. Como seria doce simplesmente se enrolar nas asas e pairar, pairar, caindo, caindo...

— Acorde! — gritou Marina em seu ouvido, Sombra voltou a si, com um choque terrível. Quase tinha caído no sono e estava tombando de lado.

— Obrigado — murmurou, ajeitando-se.

— Não faça isso comigo — disse Marina, claramente abalada. — Fique acordado. Fale comigo, cante. Não importa o quê, simplesmente não cochile.

Sombra sacudiu a cabeça, obrigando-se a respirar fundo o ar gelado que queimou seus pulmões, mas pelo menos o acordou.

Roçaram um pico serrilhado e o vento liberou sua fúria total.

Estavam no topo do mundo.

Estendendo-se dos dois lados, havia uma cordilheira coberta de gelo. Os olhos de Sombra ficaram cheios d'água e ele os estreitou até virarem fendas. Por um instante, o uivo dos lobos foi mais alto que o barulho do vento, e ele viu não apenas dois, mas dúzias, reunidos diante da entrada de uma caverna numa das encostas íngremes. Olhou para Marina.

— Não vou descer até lá! — gritou ela.

— O que mais podemos fazer?

— É suicídio.

— Minha mãe me cantou lobos!

— Orelhas de lobos — disse Marina, e de repente ria.

Ela ficou maluca, pensou Sombra. Pirou de vez devido ao frio e à exaustão. Estava falando e rindo ao mesmo tempo, talvez imaginando um lobo branco e gigantesco no meio do ar, pulando na direção deles. Talvez estivesse certa, agora ele acreditaria em praticamente qualquer coisa.

— *Orelhas* de lobo! — gritou Marina de novo, com mais insistência.

Sombra olhou.

De um dos lados havia dois picos se projetando no céu e um vale profundo no meio. Era exatamente como a imagem do mapa de som de sua mãe. Não era um animal, e sim uma passagem nas montanhas, coberta de neve e parecendo as orelhas de um gigantesco lobo branco.

— Ali estão eles.

Godo curvou os ombros, cavalgando os ventos tempestuosos que varriam o topo das montanhas. Adiante podia ver Sombra e Marina inclinando-se na direção de um vale entre dois picos gelados. Ele os estivera seguindo durante a última hora, aproximando-se cada vez mais pela encosta.

Manteve-se atrás, não querendo ser visto por enquanto. Quando atacasse, não haveria erros. Apesar de o frio congelar o sangue, sentia-se forte. Na noite anterior tinha se refestelado como não acontecia desde seus dias na selva. Olhou com satisfação para as pulseiras de metal brilhante que enfeitavam seus antebraços. Eram menores do que a sua, mais fáceis de dobrar, e ele as havia arrancado das presas, algumas vezes partindo ossos. Eram seus novos troféus de caça.

Ao lado, Throbb se esforçava no vôo. A bolha na ponta da asa havia aumentado, mais feia do que antes. Throbb dizia que aquilo queimava com o frio. Fracote. Godo estava enojado. Mas, nesse momento, seu estômago estava cheio, e Throbb não parecia tão apetitoso. Mais tarde, talvez. Cravou o olhar e a audição em Sombra e Marina.

Um sopro de vento veio por trás, girando entre as pulseiras de metal e lançando um assobio, rápido mas penetrante, pelo topo das montanhas.

RATO

Sombra ouviu o assobio fantasmagórico num momento de calmaria no rugido do vento.

Virou-se e os viu, pairando no céu como imagem arrancada de um pesadelo. Por algum motivo, quase não sentiu surpresa. Tinha pensado tanto nesse momento, repassado vezes sem conta na mente, que ele parecia meramente inevitável. Mas aquele barulho... o que seria aquele assobio terrível?

— Marina — falou rouco. — Eles estão aqui.

— O quê? — Ela girou a cabeça, olhando. — Não, eles deviam estar mortos...

Um forte vento de través jogou os dois para o lado, e eles voltaram a atenção para as orelhas de lobo.

— Talvez a gente consiga despistá-los do outro lado — disse Sombra.

— Eu ajeitaria as asas, se fosse você. Isso vai ser difícil.

Sombra engoliu em seco. Os dois picos gêmeos se erguiam no horizonte. Ele, num rápido lampejo, viu o mapa de som da mãe — podia entender como havia pensado que a montanha era um lobo, pulando em sua direção. Agora parecia exatamente isso, enquanto era empurrado para a frente.

Suas asas estavam rígidas de frio. Foi jogado para o lado de novo e ajeitou o rumo, apontando para a passagem estreita. Mas estava chegando perto demais do pico esquerdo, e o vento não permitia que ele virasse.

— Sombra! — Ouviu Marina gritar à direita, parecendo de uma grande distância.

Viu o rochedo coberto de gelo saltando em sua direção. Ia bater. Tentou parar, freando tão forte com as asas que achou que elas se partiriam como gravetos congelados. Tudo parecia muito devagar, as rochas se aproximando, o vento nos ouvidos. Ocorreu-lhe encolher a barriga, puxar as pernas e as garras para trás. Sentiu apenas uma frustração distante por sua vida terminar tão cedo.

Sombra roçou um trecho de neve dura, sentiu a frieza cortante, e, com um movimento extremamente suave, estava no ar de novo, as asas batendo, furiosas. Estava livre. Voltou diagonalmente para o alto, na direção de Marina.

— Você teve muita sorte! — ouviu-a gritar acima do vento.

Passaram pelas orelhas de lobo, e a face da montanha tombava de modo estonteante, mergulhando até a pura escuridão. Sombra sentiu o estômago revirar. O que haveria lá embaixo? Era longe demais para enxergar com a visão de som. Para ele, era como se o mundo tivesse acabado naquele instante.

— É o único caminho — disse Marina.

Sombra olhou por cima do ombro e viu Godo e Throbb cavalgando o vento através das orelhas de lobo, aproximando-se. Com suas asas poderosas, iriam alcançá-los em minutos.

— Certo — respondeu Sombra, carrancudo.

Parou de bater as asas e as dobrou apertadas. Marina veio atrás. Sombra esperou a velocidade diminuir, o vento levando-o por alguns instantes antes de ele começar a cair. Deixou o corpo se inclinar para a frente, apontando o nariz, e mergulhou para o abismo sem estrelas, como se fosse um pedaço de granizo. Seu estômago saltou para a garganta. Sempre havia adorado voar, a empolgação de um mergulho íngreme, mas isso era totalmente diferente. Era mais rápido do que ele jamais tinha voado, talvez mais rápido do que qualquer morcego já voara.

Mal podia respirar, com o ar se chocando contra as narinas. O vento golpeava os olhos como bolotas de gelo e ele os fechou com força. Até mesmo os olhos de sua mente revelavam apenas o negrume, algumas vezes brotando em explosões estelares provocadas pelo uivo do vento nos ouvidos. Ainda estava longe demais do chão para captar qualquer coisa. Pela primeira vez na vida, sentia-se cego — e terrivelmente vulnerável. Não fazia idéia de onde Marina estava, nem se o mundo continuava existindo. Sentia que todo o corpo trêmulo poderia se despedaçar a qualquer momento. Por enquanto, só esperava que Godo e Throbb os tivessem perdido de vista e continuassem circulando os picos das montanhas.

A cada segundo podia sentir o ar ficando mais quente, o gelo nas asas se transformando em gotas peroladas, escorrendo para trás. E então um brilho.

Os galhos superiores de uma árvore...

E dezenas de copas, espalhando-se numa floresta.

Uma colina.

Campos de todos os lados.

Sombra quase gritou de alívio. O mundo inteiro estava retornando, pintando de prata sua cabeça. Cuidadosamente desenrolou apenas as pontas das asas e as virou contra o vento, começando a reduzir a velocidade. Então, aos poucos, foi estendendo-as cada vez mais, saindo com graça da queda livre. Abriu os olhos e espiou a paisagem que se estendia. Adiante havia luzes humanas, mas nem de longe eram tantas quanto na cidade.

— Marina! — gritou.

— Aqui! — O pêlo brilhante dela se destacava na noite.

— Nós os despistamos? — Sombra olhou para o céu, atrás, e a montanha era uma sombra vasta bloqueando as estrelas.

De cima, veio um leve assobio, rapidamente se transformando num guincho de partir os ouvidos.

— Não... — murmurou ele, incrédulo.

Os morcegos gigantes mergulharam do céu, com as asas abertas para reduzir a queda. E aquele barulho, aquele guincho horrível!

— Venha! — gritou Marina.

Sombra se sentia como se batesse asas na água, lentas e pesadas. Marina virou a cabeça na direção das luzes.

— Se conseguirmos, poderemos achar um esconderijo.

Não havia torres altas ali, apenas fileiras de prédios humanos baixos, com algumas máquinas passando ruidosas. Atrás dos dois, vinha o assobio fantasmagórico. Sombra achou que podia sentir o cheiro deles, o hálito quente e fétido.

Giraram para cima de uma estrada larga, cheia de fios e luzes, ladeada de prédios iluminados. Sombra olhou para trás e viu os olhos de Godo relampejar na claridade. Throbb fazia uma curva para o lado — ia dar a volta e cortá-los.

— Para baixo! — gritou Sombra.

E mergulhou em direção à rua.

— Aonde nós vamos? — perguntou Marina.

Sombra estava sem fôlego para responder, mas ela ficou ao lado enquanto os dois mergulhavam direto. Sombra não tinha idéia do que estava fazendo. Rodeou um bocado de fios, passou por uma fina caixa de metal, cheia de luzes circulares que piscavam. Uma máquina passou cuspindo barulho e fumaça. O chão subia rápido e ele se preparou para frear depressa, talvez ziguezaguear entre dois prédios.

Até que viu a grade de metal no chão na beira da rua. A água da chuva escorria por uma das fendas estreitas. Ele a avaliou com sua visão de eco num segundo. Talvez, talvez desse...

— Dobre as asas! — gritou.

Sem diminuir a velocidade, mergulhou de cabeça na direção da grade. No último instante, apertou as asas e mergulhou debaixo da terra.

De dentro do buraco gotejante, Sombra olhou para Godo que estava com as mandíbulas presas na grade de metal, tentando levantá-la. Throbb passou as garras através de uma das fendas e estava puxando com toda a força. Sombra olhou, preocupado, para Marina.

— Você acha que eles podem tirá-la? — sussurrou.

Marina balançou a cabeça.

— Não sei.

Um *clunk* de metal respondeu à pergunta. Sombra levou um susto. Godo e Throbb tinham conseguido levantar a grade de metal apenas uma fração de centímetro, por apenas um segundo, antes de ela cair de volta.

— É melhor achar outra saída — sibilou Marina.

Sombra não queria ir mais fundo. Jamais gostara de ficar no subterrâneo, com todo o peso da terra em cima da cabeça. Mas que opção havia? Planou descendo ao fundo do poço com Marina. Um longo túnel se estendia nas duas direções.

— Acho que realmente não importa — disse ela, olhando os dois lados. — Tem de haver outro poço que leve de volta para cima. Certo?

— É, certo. — Sombra tentou parecer esperançoso.

O túnel era suficientemente amplo para os dois voarem com cuidado, evitando a gosma oleosa que escorria no fundo. Fedia ali embaixo: a água estagnada, ar salobro, lixo humano.

— O dardo acertou nele — murmurou Sombra. — Eu vi.

— Talvez ele o tenha arrancado a tempo.

— Eles não têm o direito de estar vivos.

Adiante, havia uma luz fraca no teto do túnel.

— Acho que é isso — disse Marina, cheia de esperança. — Outro poço.

Sombra voou na direção da luz, já ia subir pelo poço e...

Dentes. Foi o que viu primeiro. Dentes à mostra girando em sua direção, fechando-se com um estalo. Gritou e se encolheu, batendo as asas para trás e quase se chocando com Marina.

Dois ratos magros estavam pendurados no teto, seguros pelas garras, os olhos estreitados em fendas ferozes. Agora também havia outros, juntando-se ao longo das paredes do poço, bloqueando a fuga.

— Por aqui! — gritou Marina, voando em frente pelo túnel.

— Invasores! — gritaram os ratos. — Vamos pegá-los. Vocês não podem sair!

Os ratos começaram a bater com as garras fazendo barulho nas paredes de pedra, *tap taptap tap taptaptap*, o som acompanhava Sombra e Marina. Alertando os outros, percebeu Sombra, em pânico.

— Há mais — disse Marina, de repente. — Adiante. Estou ouvindo.

Sombra lançou seu olhar sônico pelo túnel comprido, e a imagem prateada de uma dúzia de ratos voltou a ele, seres de costas lisas correndo pela sujeira, nas paredes, no teto. Suas batidas de asas falharam. Eles seriam interceptados se continuassem. Mas, não muito longe de onde estavam, um pequeno tubo se inclinava para baixo.

— Aqui — disse ele, impetuoso.

Era estreito demais para voar: podiam simplesmente se espremer de quatro, um atrás do outro. Água jorrava passando por suas garras. E o tempo todo, através das paredes: *tap taptap tap tap*. Quantos ratos havia aqui embaixo? Todos os seus instintos eram contra isso, ainda mais ir para o subsolo. Podia sentir cada centímetro que desciam mais fundo, afastando-se cada vez mais da superfície, do céu.

Atrás vinham os sons de muitos pés com garras.

— Depressa, depressa — insistiu com Marina, por cima do ombro.

O tubo se abria adiante, e ele passou tão depressa que caiu do outro lado, mergulhando na água suja.

Subiu ofegando em pânico, sacudindo as asas encharcadas. Ao seu lado, Marina lutava para manter a cabeça à tona. Não estavam longe da margem e conseguiram nadar desajeitadamente até a rocha sólida, molhados e tremendo.

Estavam num amplo túnel circular, com água até a metade. Não era o fio d'água lento dos túneis de cima, movia-se depressa. Sombra olhou-a passar, brilhando escura.

— E agora? — perguntou Marina, olhando, ansiosa, para o cano. — Eles vão chegar logo.

Por um breve momento, Sombra desejou ser Godo. Desejou ter mandíbulas enormes para mostrar, asas gigantescas para abrir e espancar os inimigos.

— Venha — falou, teimoso, correndo pela lateral do túnel, grudando-se à curva parede de pedra. Devia haver um túnel levando para cima, devia haver uma saída em algum lugar...

Mas vinha alguma coisa. Não um animal, uma coisa, flutuando na água. Virando uma esquina do túnel, surgiu uma balsa, um grande quadrado de madeira meio partida. De cada lado, Sombra podia ver ratos nadando junto, guiando-a. E montados na tábua havia mais ratos, examinando a água.

— Ali! — gritou um deles. — Mais depressa!

Sombra se virou para olhar. Aquilo vinha rápido demais, e ele estava muito cansado para se arrastar ou nadar. Com Marina ao lado, ficou olhando a balsa alcançá-los, rápida.

Muito acima da cidade, Godo circulava procurando Sombra e Marina.

— Eles não podem ficar lá embaixo por muito tempo — disse Throbb.

— Quando saírem à superfície, vamos vê-los.

Estava com raiva de si mesmo por tê-los perdido. Olhou para Throbb, pensou em mordê-lo para se sentir melhor. Esperava que os dois aparecessem na superfície, e ele estaria no lugar certo e na hora certa para ver.

Na borda da cidade, viu enormes pilhas de lixo humano. Mesmo no ar gélido, suas narinas sensíveis podiam captar o cheiro acre de comida apodrecendo. Lixo significava ratos. Muitos.

— Vamos nos alimentar ali — disse a Throbb. — E esperar por eles.

Rômulo e Remo

A balsa deslizava pelo labirinto aquático dos túneis subterrâneos. No deque, Sombra estava agachado de quatro, tremendo, ao lado de Marina. Havia um guarda rato junto de cada um deles, com os dentes afiados apertando de leve suas asas, só para o caso de tentarem se livrar e voar.

— O que está olhando? — rosnou um dos guardas para Sombra.

Sombra desviou o olhar. Estivera espiando os ratos, pasmo ao ver como eram fisicamente parecidos com ele. Nunca tinha notado. Claro, nunca tinha estado tão perto de ratos. Naturalmente eram maiores. Mas se a gente os imaginasse com asas...

— Espiões morcegos — disse o guarda principal, com desprezo.

— Não somos espiões — respondeu Sombra, outra vez, cauteloso.

— Digam isso ao príncipe — e o guarda deu um riso desagradável, pensando em alguma piada secreta.

Deslizando pelos caminhos aquáticos, passaram por um número cada vez maior de ratos na margem, com os olhos relampejando no escuro. Lixo humano boiava na água. Sombra estava doido para escapar. Além do fim do túnel, dava para perceber um movimento agitado: ratos, centenas deles. Mais adiante, havia algum tipo de construção. Agora, a água era mais rasa, e Sombra notou que os ratos nas laterais da balsa não estavam mais nadando, e sim caminhando no fundo, com as quatro patas.

O túnel se abriu num espaço muito maior. Altas paredes de pedra estavam cobertas da gosma que escorria de dúzias de grades. Havia ratos agachados em cada abertura, espiando-os. Parecia que cada superfície estava coberta de ratos. No chão, eles se retorciam na sujeira.

A balsa atracou.

— Andem! — rosnaram os guardas para Sombra e Marina, com as mandíbulas apertando suas asas.

Sombra caminhou com dificuldade pela lama, enquanto os bandos de ratos abriam caminho. O cheiro deles o fazia se encolher, com o estômago se revirando, enojado. Tropeçou. Os morcegos não eram feitos para andar de quatro. A multidão zombou. Os ratos rilhavam os dentes famintos, um som horrível de ossos raspando que fazia os pêlos de Sombra se eriçar. Olhou para Marina, toda suja, puxando as garras para fora da lama pegajosa.

Estavam chegando mais perto de uma espécie de palácio de ratos, construído de lixo: caixas de papelão esmagadas, plástico retorcido e papel brilhante amarrotado. Numa plataforma ampla, bem acima da lama, estava deitado frouxamente o maior rato de todos. Seus pneus de gordura se projetavam de cada lado da barriga enorme. E os dentes, quando ele os mostrava, eram compridos, arranhados e manchados de comida velha.

— Eles não estão se ajoelhando — disse a um dos guardas.

— Ajoelhem-se diante do príncipe! — gritou o chefe da guarda, batendo na cabeça deles.

— Vocês sabem quem eu sou? — perguntou o rato gordo.

— O príncipe? — perguntou Marina, depois de uma pausa.

— Guarda — disse o príncipe, e o rato ao lado de Marina mordiscou a ponta de sua asa. Ela soltou um grito. — Não tolerarei arrogância na minha corte — avisou o príncipe. Em seguida, se virou para o chefe da guarda. — Como eles entraram?

— Pela grade do extremo norte, príncipe Remo.

— E ela não estava vigiada? Quem estava de guarda?

— Croll, majestade.

— Dispense-o imediatamente.

— Ele desapareceu, majestade.

— Não tolerarei isso. Os guardas devem ficar no posto o tempo todo. Estão ouvindo? Precisamos estar de guarda o tempo todo!

O príncipe virou os olhos nervosos de volta para Sombra e Marina.

— Vocês são espiões, não são?

— Não — respondeu Sombra.

— Mandados para coletar informações para um ataque surpresa.

Sombra balançou a cabeça de novo.

— Como ousa? — berrou o príncipe. — Como ousa zombar de mim?

O guarda ao lado de Sombra trincou os dentes de modo ameaçador.

— Vocês acham que, porque meu reino fica à sombra de uma montanha, estou isolado de tudo? — Seu peito arfou com raiva. — Acham que não sei o que acontece acima do chão? Sei que vocês juntaram forças com os pássaros!

Sombra olhou Marina, alarmado. O que ele estava falando?

— É, isso mesmo — disse o príncipe, captando o olhar deles. — Vocês estão surpresos ao ver o quanto eu sei. Eu tenho relatórios. Estou a par de tudo.

Ele olhou os ratos reunidos em volta, como se os desafiasse a discordar.

— O próprio rei me manda mensageiros! — Seu olhar saltou de volta para Sombra e Marina. — E sei sobre os ataques malignos que vocês e seus pássaros aliados vêm fazendo à noite. Vocês mataram ratos, e também nossos primos esquilos e camundongos.

Com um choque enjoativo, Sombra entendeu. Lembrou-se dos ratos que Godo tinha matado. Quantos, não dava para dizer. E quem sabia quantos mais, desde que tinham se separado. O príncipe achava que Godo e Throbb eram pássaros...

— Corujas pretas, não é? — disse o príncipe Remo, com saliva voando da boca. Parecia esperar que uma ave daquelas mergulhasse do alto. — As corujas pretas são suas aliadas. Falem!

Sombra não sabia o que dizer. A idéia de morcegos aliados a corujas era louca. Impossível. Mas não adiantava contar a verdade. O príncipe jamais acreditaria, e Sombra não queria se arriscar a deixá-lo mais furioso do que já estava.

— Sim, majestade — falou. — As corujas negras juntaram forças com um grupo de morcegos da selva.

Com o canto do olho, viu Marina espiá-lo rapidamente, mas não quis encará-la.

— Morcegos da selva? — Remo se sacudiu para a frente. Olhou os ratos reunidos em volta, e depois para o chefe da guarda. — Por que não ouvi falar desses morcegos da selva? Como vou governar meu reino se ninguém me mantém informado?

— Foi por isso que viemos procurá-lo, majestade — disse Sombra. Estava inventando furiosamente, rezando para que as palavras continuassem fluindo na cabeça. — Queríamos informar exatamente o que estava acontecendo. Esses morcegos vêm da selva e traíram o resto de nós bandeando-se para o lado das corujas, indo tanto contra os morcegos quanto contra os ratos.

— Morcegos da selva... — murmurou o príncipe Remo sozinho, como se ainda não conseguisse entender como não sabia disso. Olhou Sombra cheio de suspeitas.

— Quem mandou vocês?

Antes que ele pudesse responder, Marina falou:

— Os grandes anciãos dos morcegos das colônias das montanhas. O senhor é bem conhecido em nossos reinos. Todo mundo conhece o nome do príncipe Remo.

— Claro que conhece — disse o príncipe rato, com arrogância. — Claro que todos sabem quem sou. E têm medo, sim, têm medo de mim e do poder de meu reino...

Ele parou e olhou duro para Sombra, e seus olhos brilharam com uma inteligência que Sombra não tinha visto antes.

— É muito bom que vocês, morcegos, tenham vindo me avisar.

Sombra concordou, tentando ganhar tempo.

— É muito generoso de sua parte — disse o príncipe suavemente.

— Não queríamos nenhum mal-entendido. — Sombra podia sentir um fiapo de suor frio escorrendo no pêlo. — Aqueles morcegos da selva são traidores. Nossas colônias querem manter a paz com vocês.

O príncipe continuava olhando-os, como se tentasse penetrar em sua cabeça. Sombra não ousou desviar o olhar.

— Você está mentindo...

— Não, majestade...

— Isto é uma armadilha, não é? Vocês estão planejando um ataque surpresa. Olhem em volta! Estão vendo o número de soldados que tenho aqui? Acham que sou o único com amigos poderosos? Sou conhecido do rei! Posso pedir a ajuda dele! Posso invocar nossos melhores aliados. Cães selvagens, racuns. Até os lobos virão auxiliar o príncipe Remo! Podemos acabar com vocês!

— Por favor, majestade... — a coisa estava fugindo ao controle.

— Quero saber a posição das suas forças.

— Não sei...

A cabeça de Sombra foi apertada contra a lama e uma gosma penetrou em suas narinas. Lutou feito doido, mas o aperto do guarda o reteve até que ele achou que seu peito ia explodir. Levantou a cabeça, engasgado.

— Quem mandou vocês? — perguntou o príncipe.

— Eu já disse, os grandes anciãos da...

O príncipe balançou a cabeça e disse aos guardas:

— Levem-nos ao bueiro. E afoguem os dois.

— Voe! — gritou Sombra a Marina, e abriu as asas. Mas os guardas ratos apertaram os maxilares em seu antebraço e ele soube que, se tentasse decolar, o braço seria arrancado do corpo. Outro guarda estava com a ponta da asa de Marina na boca, pronto para despedaçá-la. Sombra se deixou afundar de novo na lama.

— Levem-nos! — gritou o príncipe.

— Primeiro, tragam-nos a mim!

A voz terrível e aguda vinha de uma das muitas grades no alto da parede. Um silêncio pavoroso baixou sobre a multidão no pátio do palácio, e Sombra percebeu que todos ficaram com medo daquela voz. E isso o deixou com medo também. Olhou para o príncipe, e até ele parecia abalado.

— Quero vê-los, Remo! — disse a voz de novo.

Sombra tentou descobrir de onde vinha, e no alto da parede captou um vislumbre de movimento prateado por trás de barras de metal. O que havia lá em cima? Que tipo de animal fazia um barulho assim?

Não podia decidir o que era pior — ser afogado ou levado ao dono daquela voz fantasmagórica.

— Levem-nos — disse o príncipe Remo aos guardas, e depois deu um sorriso mau. — Deixe que ele faça o que quiser. E depois os tragam de volta. Se ainda estiverem vivos.

Os guardas ratos os guiaram por uma série de túneis inclinados. Mais parecendo abertos por ratos do que por humanos, eram enlameados e malfeitos, com pingos de sujeira caindo do teto. Sombra espiava pelas inumeráveis passagens laterais, tentando desesperadamente pensar num plano de fuga. Já exausto pela longa subida, a respiração entrecortada, os membros doendo. De jeito nenhum poderiam correr mais depressa do que os ratos. Pelo menos nessa sujeira.

— Aqui! — disse o chefe da guarda, fazendo-os parar ao lado de uma pedra grande.

Vários ratos encostaram os ombros na pedra e empurraram. Lentamente ela deslizou na lama, revelando uma abertura baixa na parede molhada. Sombra não queria olhar dentro. Até os guardas pareciam inquietos, com os bigodes tremendo, lançando olhares preocupados para o chefe.

— Levem-nos para dentro — ordenou o chefe a dois dos ratos.

— Quero que eles venham sozinhos! — gritou a voz aguda e fantasmagórica vindo da escuridão.

O chefe da guarda concordou, aliviado, e os ratos começaram a cutucar Sombra e Marina para a entrada. Sombra tentou cravar as garras no chão, mas a lama não dava apoio, e ele apenas escorregou de barriga pela abertura, com Marina logo atrás.

— Rolem a pedra de volta! — instruiu a voz.

Enquanto a pedra era rapidamente puxada de volta para o lugar, Sombra lançou temeroso seu olhar sônico pela câmara. Numa das extremidades podia ver a grade que cobria o palácio dos ratos. E esparramado num dos lados estava o dono da voz. Era um rato enorme e curvado, não tão gordo quanto o príncipe

Remo, mas, mesmo assim, imponente. Sombra quase sentiu alívio. Não sabia bem o que tinha imaginado, mas certamente era pior do que isso.

— Esperei longo tempo por uma oportunidade como esta — disse o rato num tom faminto, de pé e farejando um pouco.

Sombra se enrijeceu, chegando mais perto de Marina. Dava para sentir o coração martelando, os músculos se retesando, e soube que ainda lhe restava alguma capacidade de luta.

— Foi muito inteligente o que vocês fizeram lá embaixo — disse o rato. — Achei que iam se livrar. Aproveitando a paranóia do príncipe e o lisonjeando ao mesmo tempo. Muito bem feito. Estou realmente pasmo por ele ter captado.

Sombra ficou quieto, olhando o rato, pronto para lutar se a criatura pulasse de repente. Ele não falava como os outros ratos. Falava — era isso! — quase como um morcego.

— O reino dele está em ruínas — continuou o rato. — Remo quase não faz idéia do que acontece na superfície porque seus mensageiros não são dignos de confiança e seus guardas vivem abandonando-o para ir a reinos melhores. O rei o despreza e não lhe conta nada. Ele vive num medo constante de ser atacado. Por pássaros, por morcegos. Tem medo até de mim. E sou o irmão dele. Meu nome é Rômulo.

Se ele era irmão do príncipe, pensou Sombra, o que estava fazendo trancado atrás de uma pedra como se fosse uma espécie de monstro?

— Vejo que estão confusos — disse Rômulo. — Vejam bem, o boato que corre é que sou louco. — Ele deu um riso entusiasmado. — Que não fui feito para governar. Que sou um monstro. É o que Remo diz a todo mundo. Por isso, sou mantido aqui, fora das vistas, fora do caminho. Sou o mais velho, e pelo direito deveria ser o príncipe. E o único modo pelo qual Remo podia obter o poder era me prendendo e espalhando histórias a meu respeito.

O rato deu alguns passos mais para perto, e Sombra instintivamente baixou a cabeça, mostrou os dentes e sibilou.

Rômulo saltou para trás, alarmado.

— Não quero comer vocês! — sussurrou, cheio de indignação. — Foi o que pensaram?

— Isso passou pela nossa cabeça — murmurou Marina.

— Por que você mandou que fôssemos trazidos? — indagou Sombra.

Não sabia o que pensar daquele rato estranho. Olhou para a barreira de pedra, sabendo que, do outro lado, os guardas esperavam para levá-los até o bueiro. Se saíssem vivos.

— Não se preocupe — disse Rômulo. — Eles não podem ouvir nada. E não ousam me perturbar. — Fez uma pausa. — Sei que vocês não são espiões.

— Sabe?

— Sei por que vocês vieram aqui embaixo. Estavam sendo caçados.

— Como sabe disso? — perguntou Marina.

— Vi! Vi os dois morcegos gigantes que estavam caçando vocês. Eu estava lá em cima, na cidade dos humanos, quando vocês voaram para dentro da grade. Vi o mundo, sabem, acreditem ou não. — Ele sinalizou a câmara úmida ao redor. — Não passei a vida inteira aqui. Mas faz muito tempo que não acontece uma coisa tão empolgante assim, garanto. E nunca pensei que teria uma chance de ver vocês de perto.

— Como assim? — perguntou Sombra.

— Morcegos. Vi alguns à distância, mas nunca suficientemente de perto. — Seus bigodes tremeram, empolgados. — Tenho um interesse especial pelos morcegos, e... posso ver suas asas?

Sombra começava a imaginar se Rômulo era maluco, afinal de contas.

— Vou ficar longe, prometo.

Sombra olhou em dúvida para Marina, mas, por algum motivo, não sentia mais medo de Rômulo. Não entendia por que o rato desejava ver suas asas, mas havia uma empolgação inocente nos olhos dele, uma curiosidade acesa que fez Sombra confiar.

— Certo. — Ele desenrolou as asas.

Rômulo ficou onde estava, espiando, atento, o couro esticado.

— Poderia levantá-las só um... sim, obrigado... e agora incline... ah... sim... — falou grunhindo consigo mesmo, murmurando palavras que Sombra não conseguia identificar. Depois de alguns minutos, concordou. — Obrigado. Vocês não sabem como isso é importante para mim. Talvez, se eu mostrasse... Olhem.

Agora ele se deitou na lama e esticou os braços e as pernas ao máximo possível. Sombra ficou boquiaberto. Ainda que aquele ser fosse mesmo um rato, havia longas membranas entre os braços e as pernas traseiras — quase do mesmo material coriáceo das asas dos morcegos. Outras dobras de pele se estendiam entre os pés e a cauda curta. E, se a gente olhasse de perto, havia membranas até entre o pescoço e os braços.

— Asas — ofegou Sombra, atônito.

— Dá para ver por que meu irmão me considera uma monstruosidade. Para ele, nem sou um rato.

Sombra se virou para Marina.

— Tive uma sensação... na balsa, estava olhando os guardas e pensei, verdade, que com asas a gente se pareceria!

E talvez isso também explicasse a voz de Rômulo, aquele seu estranho guincho que lembrava o dos morcegos.

— Somos aparentados, acho — disse Rômulo. — Acho que, há milhões de anos, éramos o mesmo ser.

Ele agitou a pele esticada entre os braços e as pernas.

— E acho que isto são lembranças, segredos perdidos que por acaso vieram à tona em mim. Passei muito tempo lá em cima, passei anos da vida estudando isso. — Ele se levantou. — É claro que posso estar errado. É só uma teoria. E que não é popular na corte do meu irmão, como pode imaginar. Se ele não achasse que sou louco, tenho certeza de que teria me afogado há anos. Ser uma monstruosidade tem seus benefícios, posso garantir.

Sombra ficou quieto um momento, tentando digerir tudo isso. Pensar que poderiam ser parentes dos ratos!

— É estranho que agora sejamos inimigos, não é? — afirmou Rômulo.

Sombra concordou.

— Aqueles morcegos grandes que você viu, os que estão nos caçando, são realmente da selva. São eles que estão matando ratos. Nós não podemos fazê-los parar.

— Alguém deve fazer isso — disse Rômulo —, antes que eles comecem uma guerra entre todas as criaturas.

— Talvez seja tarde demais — interveio Marina. — De qualquer modo, já temos muito com que nos preocupar. Como vamos sair daqui?

— Isso é fácil de arranjar — disse Rômulo, com um riso.

Foi até uma parede de sua câmara e começou a cavar com as garras dianteiras, chutando uma pilha de lama para trás. Depois de alguns minutos, havia exposto um túnel estreito.

— De que outro modo vocês acham que eu vou lá em cima com tanta freqüência? Sigam este caminho. Deve levá-lo aos arredores da cidade humana. Vocês terão de se arrastar. Talvez seja meio indigno para os morcegos, mas é um pequeno preço a pagar pela vida. Meu irmão não é conhecido pela misericórdia.

— O que você vai dizer a ele? — perguntou Sombra.

— Vou dizer que comi os dois, até o tutano.

— Obrigado.

— Talvez nós três nos encontremos de novo um dia, em melhores circunstâncias — disse Rômulo.

Captura

Arrastou-se atrás de Marina através do túnel sem ar, subindo cada vez mais, com as garras afundando na lama, a cada passo. O túnel se alargava e se estreitava aleatoriamente, retorcendo-se em espirais íngremes. Os dois tinham de se apertar com a barriga no chão, seguindo centímetro a centímetro. Por duas vezes tiveram de cavar abrindo caminho, e o tempo todo Sombra achava que iam ser enterrados vivos. Sua visão de som era praticamente inútil num lugar tão apertado. Seguia como uma coisa cega, avançando pelo tato. De vez em quando, o túnel parecia passar perto de outros, e dava para ouvir o som de garras de ratos em pedras e canos, algumas vezes vozes abafadas. Ele e Marina se imobilizavam, não ousando respirar, esperando que os ruídos se afastassem. Sentia pavor ao pensar que, a qualquer momento, focinhos de rato atravessariam as paredes lamacentas, mordendo.

Por fim, a escuridão pareceu suavizar, e Sombra pôde sentir alguma coisa acima do fedor sufocante da lama. Ar puro, só um pouquinho, e então foi dominado rapidamente por outra coisa que não era tão agradável.

— O que é isso? — perguntou Marina, enojada.

Ansiosos por estar acima do chão, mesmo assim aceleraram o passo e chegaram à superfície dentro de um gigantesco monte de fedorento lixo humano. Sombra quase sufocou, não querendo tocar naquilo. Fez com que o corpo ficasse do menor tamanho possível, enquanto procurava uma saída. Viu um canal que Rômulo tinha cavado em meio ao lixo, e fugiu rapidamente por ele.

O céu da noite se abriu acima. Sombra esticou as asas, animado, e se elevou. Subiu com Marina ao lado e ficou olhando, feliz, enquanto o lixo humano, a lama e os ratos ficavam cada vez mais lá embaixo. Estava subindo para longe de tudo aquilo, e era maravilhoso estar finalmente na noite, seu verdadeiro elemento.

— Achei que a gente estava acabado lá embaixo — disse Marina. — Realmente não conseguia imaginar uma saída.

— Rômulo foi o nosso aliado inesperado, não foi? Exatamente como Zéfiro falou.

Marina o olhou, curiosa, depois concordou.

— É, acho que talvez você esteja certo. Quem pensaria que um rato iria salvar nossa vida?

Agora Sombra podia ver o lixão e a cidade humana de um dos lados, e depois as florestas se estendendo adiante, chamando-os. Seus sentidos verificavam automaticamente o céu, em busca de sinais de Godo e Throbb.

— Acha que eles ainda estão procurando a gente? — perguntou.

— Eles não desistem fácil, isso é certo.

Talvez finalmente tivessem decidido ir sozinhos para o sul. Talvez tivessem sido atropelados por uma daquelas máquinas humanas na estrada. Certamente não havia sinal deles agora.

O chão estava prateado pela neve e ainda fazia um frio de rachar, mas nada como nos picos das montanhas. Sombra percebeu a enorme distância que deviam ter viajado em direção ao sul. Quantas batidas de asas, imaginou, e quantas ainda faltariam?

— Para onde? — perguntou Marina.

Sombra fechou os olhos e invocou o mapa de sua mãe. Começou desde o início, para se certificar de que não tinha perdido nada. Com um nó na garganta, viu Porto-da-árvore desaparecendo à distância. O farol piscando. E então o litoral rochoso e o terrível oceano se espalhando na escuridão. Depois vieram as luzes ofuscantes da cidade e a torre da catedral, a cruz de metal e a estrela guia. Gelo e as orelhas de lobo, feitas de pedra, na cordilheira. E então isso...

Floresta se estendendo abaixo. Serpenteando entre as árvores, havia um rio calmo e cristalino. Agora ele estava voando ao longo do rio, corrente abaixo, seguindo cada curva. E então um som, um rugido grave, crescendo, crescendo.

O rio se acelerava, espumando, saltando — e, de repente, o estranho rugido crescia. Pensou no mar, no choque das ondas contra o litoral.

E...

A última imagem era uma ampla torrente caindo entre margens rochosas, fazendo subir uma névoa de água. Então ele estava mergulhando na água, aparentemente de cabeça, com o estômago se revirando.

Tentou explicar a Marina.

— Entendi a parte do rio — respondeu ela. — Mas não tenho certeza do final. A gente deve entrar na água? Certamente sua colônia gosta de charadas, Sombra, é só o que posso dizer.

— Pelo menos sabemos para onde vamos. Hibernáculo deve ficar em algum lugar aqui perto. Estamos quase chegando, Marina. Talvez não falte mais do que umas duas noites de vôo.

Sentiu uma onda de força. Tinham chegado até aqui. Conseguiriam afinal. Inclinou as asas e foi na direção da floresta, procurando o rio.

E então todo o céu se desgrudou e caiu, deixando-o sem sentidos.

Acordou no escuro, sem saber onde estava nem o que tinha acontecido. Sua última lembrança era de ser enrolado no peso sufocante da noite. Piscou. Onde estava? Não havia estrelas nem lua. Empinou as orelhas esperando uma imagem prateada do mundo no olho de sua mente. Mas, de todos os lados, os ecos ricocheteavam de volta, com força.

Estava preso em algum espaço minúsculo, tão apertado que nem podia desenrolar as asas.

De repente, percebeu um cheiro denso, desagradável, e pancadas rápidas, rítmicas. A princípio, achou que fosse seu coração disparado. Depois, com horror, percebeu que era o coração de mais alguém, perto, muito perto.

Ao redor, as paredes pareciam estremecer no ritmo das batidas. Era como se...

Ele estava dentro de uma coisa viva.

Com uma calma terrível, a resposta lhe veio.

Você foi comido.

Está dentro da barriga de algum animal gigantesco.

O pânico explodiu e ele começou a lutar contra as paredes que pareciam de couro. Deixe-me sair, deixe-me sair! As paredes se contraíram ainda mais, ameaçando espremer todo o ar para fora dele. Parou, ofegando e suando.

As paredes estremeceram e se afrouxaram ligeiramente. Ar puro entrou e Sombra respirou faminto. À luz pálida pôde ver que as paredes eram feitas de algum material que parecia couro... uma asa de morcego.

Gritou enquanto a asa recuava de súbito e a cabeça enorme de Godo surgia acima.

— Não tem nada quebrado, espero.

— Onde está Marina? — ofegou Sombra.

— Ah, nós também a pegamos.

Estavam no fundo de uma caverna rasa. Throbb, agachado perto, desdobrou lentamente a asa direita e Marina surgiu, ofegando. Sombra a encarou. Arrastou-se cauteloso para fora das asas de Godo e ficou enjoado com o que viu.

Antes, o morcego canibal tinha apenas uma pulseira preta. Mas agora seus antebraços, e até mesmo as patas traseiras, estavam cheias de pulseiras prateadas e brilhantes. Throbb também estava enfeitado, ainda que nem de longe tão luxuosamente quanto o companheiro. Agora Sombra entendeu o terrível assobio metálico que os havia seguido através do céu noturno.

— Vocês os mataram, não foi? — grasnou Sombra.

— Na verdade, vocês nos levaram até eles.

Sombra se virou para Marina, olhando seu rosto. Ela parecia a ponto de vomitar. Todos aqueles morcegos, tudo que eles esperavam, tinha acabado para sempre.

— Não se preocupem, não comemos todos — disse Godo. — Até mesmo em meu estômago só cabe uma certa quantidade.

— Você é um monstro — sibilou Marina.

— Eles pensaram a mesma coisa. Ficavam chamando os humanos, pedindo socorro. Pareciam achar que iam *se transformar* em humanos. Patético. Você ainda não está esperando por eles, está? — perguntou a ela em tom de zombaria. — Eu tinha pensado que seu último encontro com os humanos era prova suficiente de que eles não se importam com vocês.

— Gostaria de que eles tivessem matado vocês dois.

— Quase mataram. Arranquei o dardo bem a tempo. — Godo olhou para Sombra. — Preciso do resto do seu mapa de som.

A garganta de Sombra ficou apertada.

— Por quê?

— Quero ir a Hibernáculo, conhecer Frida e todos os outros asas-de-prata.

— Esqueci o resto.

— Mentira.

— Não. Estamos perdidos.

Godo olhou para Throbb e concordou. Throbb abriu as mandíbulas e as fechou de leve sobre a cabeça de Marina.

— Diga como chegar lá, Sombra.

Ele olhou para Marina, pôde ver um fio da saliva de Throbb escorrer por seu rosto. Ela se encolheu enojada, com a respiração rápida e curta. Os dentes se fecharam mais um pouco, apertando-a.

— É um rio! — gritou Sombra. — Através da floresta. Um rio, e a gente deve segui-lo.

— Até onde?

— Não sei, realmente. Não conseguimos deduzir. A imagem não faz sentido.

Godo o encarou, sério.

— Você vai ter de deduzir, não é?

Ele concordou.

Godo virou a cabeça na direção de Throbb.

— Solte-a por enquanto. Sombra tem de pensar um pouco.

— Eles vão lutar com vocês — disse, com ferocidade. — Somos milhares.

— Mostre esse rio. Já perdemos tempo demais.

Godo e Throbb os flanqueavam, ponta de asa contra ponta de asa. Sombra sabia que não tinha como fugir. Se tentassem voar para longe, os morcegos grandes poderiam alcançá-los num segundo.

Não demorou muito até ouvir os sons fracos de água correndo, e sentiu um enjôo. Olhou para lá e, roçando acima das árvores, levou-os ao rio.

— Qual é a distância? — perguntou Throbb, tremendo.

— Talvez duas noites, talvez mais. Vou saber quando chegarmos ao marco.

— Espero que você saiba o que está fazendo — sibilou Godo. — Se estiver tentando nos enganar, pense em sua amiga Marina.

Voaram em silêncio por uma hora, seguindo as curvas do rio. A colônia. Sabia que estava perto, e seu coração doeu. Queria dormir. Queria ficar quente. Queria se render e acabar com todos os problemas. Depois de uma hora o horizonte começou a clarear.

— Estou com fome — disse Marina. — Não comemos há muito tempo.

Era verdade, percebeu Sombra. Nem tinha notado o enorme vazio no estômago.

Godo olhou-os.

— É, vão comer um pouco dos seus insetozinhos, mas fiquem à vista, perto do rio. Estaremos vigiando.

Com os dois morcegos enormes circulando no alto, Sombra e Marina procuraram sem ânimo ovos de insetos e pulgas da neve, não ousando falar.

— Eles vão matar a gente, você sabe.

Sombra concordou, lembrando-se das palavras de Zéfiro. Agentes poderosos procuravam Hibernáculo. Mas quem chegaria primeiro?

— Assim que souberem como chegar lá — disse Marina —, eles não precisarão mais de nós. Vão nos comer.

E o que fariam com sua colônia? Será que os asas-de-prata conseguiriam lutar contra Godo e Throbb? Os machos estariam lá. Sem dúvida, todos juntos poderiam vencer os morcegos canibais, não importa o quanto eles eram poderosos.

Mas...

E se Godo e Throbb não chegassem lutando? Um frio penetrou nele. E se chegassem à colônia do mesmo modo como chegaram a ele? Em paz. Solícitos. E se os asas-de-prata confiassem e os deixassem hibernar com eles? Seriam comidos durante o sono. Um depois do outro, durante todo o inverno. E ninguém acordaria para notar, até que fosse tarde demais.

— O que é aquela cicatriz na asa de Throbb? — perguntou ele a Marina.

— Queimadura pelo frio. Já vi antes. Um morcego se desgarrou numa tempestade de gelo durante duas noites. Perdeu a asa inteira.

Sombra começou a pensar.

— Isso vai acontecer com Throbb?

— Talvez. As pontas parecem muito ruins. A doença vai se espalhar.

— Godo vai pegar isso também.

— Ele é um pouco maior, mas também não suporta o frio. Quem sabe, Sombra. Pode demorar semanas.

— Se nós os levarmos para fora do rumo, mantivermos os dois no frio...

Mas, por quanto tempo ele poderia se arriscar, antes que Godo perdesse a paciência e matasse os dois? Godo já estava suspeitando. Não confiava nele. E quanto tempo Marina poderia suportar o frio?

Godo mergulhou na direção deles.

— Já chega — falou. — Precisamos achar um abrigo.

Sombra desviou o olhar enquanto os dois canibais despedaçavam o tentilhão que haviam trazido da caçada.

Tinham achado abrigo no oco de uma árvore morta. O espaço era apertado, e Godo e Throbb estavam curvados na abertura, bloqueando-a. Sombra notou que Throbb tremia violentamente enquanto comia, esfregando a asa sarnenta contra o interior áspero da árvore. As entranhas do tentilhão soltavam fumaça.

— Pelo que vejo, meus hábitos alimentares ainda enojam vocês — disse Godo.

— Vocês comem morcegos. Não é natural.

— Menos natural do que querer virar humano?

Throbb riu, áspero, enquanto mastigava.

Godo fungou, enojado.

— Aqueles morcegos com pulseiras, nas montanhas, fizeram uma religião cultuando os humanos, em vez de Zotz.

Zotz. Por algum motivo, aquele nome fez Sombra se arrepiar.

— Vocês nunca ouviram falar nele, não é?

— Não. — Ele não queria ouvir.

— Cama Zotz é o deus morcego. Ele nos criou e criou tudo ao redor, até esse ermo gelado que vocês chamam de lar.

— Não. — Sombra balançou a cabeça. — Noturna nos criou e...

— Por que você se incomoda em ouvir o que ele diz? — perguntou Marina com raiva. — Ele é um mentiroso.

— Sou? Então diga. Por que um deus morcego iria querer que suas criaturas virassem outra coisa? Zotz quer que sejamos poderosos como somos. Não quer que viremos humanos.

— De qualquer modo, nem sei se acredito nisso — disse Sombra. — Talvez não seja o que Noturna deseja para nós.

Godo sorriu, e era o tipo de sorriso que uma mãe dá para o filhinho.

— Noturna não existe.

Sombra sentiu como se tivesse levado um soco no estômago.

— Ou, se existe, praticamente não tem poder. Olhe os seres dela. Encolhendo-se com medo de tudo no céu e no chão. Zotz é todo-poderoso. Olhe para mim! — Ele abriu as asas poderosas, mostrou os dentes, curvou os ombros musculosos. — Isso é que é poder. Não temo nenhum ser. Eu os como. Ratos, corujas, morcegos. Nem os humanos podem me fazer mal.

Sombra sentiu-se enfraquecer, mas não podia afastar os olhos de Godo.

— Vocês comem insetos. São seres vivos, só que por acaso são menores do que vocês. E mais fracos. Mas isso não os impede, não é? O verdadeiro motivo para não comerem como nós é simples. Vocês *não podem*. São pequenos demais. Na carne é que está a força. Quando como outro morcego, fico com a força dele, tiro a força do morcego e a transformo na minha força. E cresço. Vocês aqui no norte passam fome comendo insetos. Vocês é que não são naturais, e não eu.

A cabeça de Sombra redemoinhava em dúvidas. Tinha ouvido tantas histórias — de Frida, de Zéfiro, de Siroco, e agora de Godo. Como iria saber o que estava certo e o que estava errado? Era um pirralho, ridículo e impotente. Mas todos os morcegos eram ridículos, comparados com aqueles gigantes. Como podiam ter esperança de vencer as corujas, os ratos, ganhar de volta o sol? Ele nem tinha forças para ajudar a colônia, manter os asas-de-prata a salvo de Godo e Throbb.

— Talvez você esteja certo — disse a Godo, cansado.

Marina o encarou, espantada.

— Sombra...

— Verdade, Marina, e se ele estiver certo, e se a coisa for assim? Existem morcegos, corujas, ratos e humanos. Os mais fortes vencem, é simples. A única coisa que interessa é o poder.

— Para você, talvez — disse Marina, cheia de desdém. — Eu deveria saber. Toda essa sua curiosidade com as pulseiras, com a possibilidade de vencer as corujas e ganhar de volta o sol... você só quer ser grande e importante.

— Você não é diferente — contra-atacou Sombra.

— O quê?

— Você queria isso tanto quanto eu. Você ganhou sua pulseira e queria acreditar que era especial também. Que ela significava alguma coisa e que você era melhor do que todos os outros asas-brilhantes. É a mesma coisa.

— Pelo menos eu não quero ser como esses dois — disse ela com um gelo na voz. — Tinha esquecido. É isso que você deseja acima de tudo, não é?

Sombra ficou quieto, mas captou o olhar de Godo e viu um sorriso tremular em sua boca.

— Você poderia crescer, Sombra — disse Godo. Em seguida arrancou um pedaço de carne do osso do pássaro e estendeu com os dentes. Para surpresa de Sombra, sua boca começou a ficar cheia d'água. Os dois não os tinham deixado comer insetos suficientes, e a comida fora pouca nas noites passadas nas montanhas. Ele estava com fome demais. Como seria o gosto? Imaginou se realmente iria fazê-lo crescer, para abandonar o corpo de pirralho de uma vez por todas.

— Que mal pode fazer uma prova pequena? — disse Godo. — Os pássaros não são seus amigos. Experimente, Sombra.

— Não — negou ele, olhando cheio de culpa para Marina.

Godo riu.

— Está com medo, não é? Está com medo de gostar!

— Não.

Godo enfiou a carne na garganta e deu um riso de zombaria.

Depois de acabar com o pássaro, Godo abriu uma das asas.

— Você vai dormir aqui embaixo — disse a Sombra. — Para garantir que não vai a lugar nenhum. Throbb, pegue Marina.

O nariz de Sombra se retorceu de repulsa quando entrou embaixo da asa de Godo e ela se dobrou sobre ele, envolvendo-o numa névoa de suor e carne crua. Ouviu o enorme coração de Godo martelando no peito, e caiu no sono com pensamentos sombrios juntando-se na cabeça como nuvens de tempestade.

Traição

— Quero ir para a selva com você.

Godo olhou para Sombra, intrigado. Estavam voando lado a lado sobre o rio sinuoso. Agora a água corria mais depressa, borbulhando nas pedras.

Adiante deles, Throbb encobria Marina. Ela havia se recusado a voar perto de Sombra, nem lhe disse uma palavra esta noite, quando saíram. Sombra notou que Throbb tinha desenvolvido um vôo estranho, sem energia; mantinha a asa ferida dobrada, de modo que ela batia pela metade no ar. Não parecia saudável. Seu pêlo estava oleoso e manchado, os olhos remelentos, e agora ele tremia constantemente, mesmo durante o vôo.

— Por que quer ir para a selva? — perguntou Godo.

— Quero ser como você. Quero ficar com morcegos poderosos que cultuam Zotz.

Godo riu.

— E sua amada Noturna?

— Ela não tem poder, você está certo. Pensei nisso durante o dia inteiro. A Promessa é uma mentira. Vamos passar a vida inteira com medo de tudo.

— E você está disposto a abandonar sua colônia?

— Eles não vão sobreviver muito tempo, não é? Sei o que você está planejando. Vai tentar enganá-los e fazer com que confiem em você. Talvez funcione, talvez não. Se funcionar, você vai comê-los um por um, durante o inverno, enquanto dormem. — Falou isso calmo, sem emoção. — E sei que está planejando me matar antes de chegarmos.

— Está certo.

— Não me importa o que você fizer com os outros. Só me leve para a selva.

— Você realmente não se importa se eu comer sua colônia? — Ele parecia interessado.

— Eles me odeiam. Eles me culpam porque o abrigo da creche foi queimado pelas corujas. E, de qualquer modo, não gostavam de mim nem mesmo antes disso. Durante um tempo achei que poderia fazer com que me aceitassem, ajudando-os a lutar contra as corujas. Mas eles não querem ter nada a ver comigo. Por que eu deveria me importar com eles?

— Nem com sua mãe?

Ele encolheu os ombros, com o rosto duro.

— Ela nem foi me procurar quando me perdi. Continuou em frente e me considerou morto. Pensou que eu causava encrenca demais e não valia a pena.

Godo olhou para Marina.

— E ela?

Sombra fungou, amargo.

— Ainda acha que os humanos vêm nos salvar. Você está certo, é patético querer ser uma coisa que não somos. Ela só acha que sou fraco e estou cobiçando o poder.

— E não está?

— Estou. — Ele fixou o olhar em Godo. — Sinto cobiça. Passei a vida inteira como um pirralho, e quero ser maior e mais forte. Quero que você me ensine a caçar e lutar.

Godo olhou para o horizonte, pensativo.

— Não confio em você, Sombra.

— Vai ter de confiar.

Godo respondeu, ríspido, com surpresa nos olhos:

— Não creio. Eu poderia matar você agora.

— E aí morreria congelado. Você precisa de mim para chegar a Hibernáculo. Acha que isso aqui é o pior do inverno? É só o início. Olhe para Throbb. Ele teve queimadura do frio. Dentro de duas noites provavelmente não vai conseguir voar. Aí vai perder a asa. Você também vai ficar assim, se não correr. Você não tem pêlo suficiente para proteção. Precisa de um lugar quente para passar o inverno. Depressa. E precisa de mim para ajudar a convencer os asas-de-prata de que é amigo.

Godo não parecia mais achar divertido.

— Então esse é o trato — disse Sombra. — Eu o levo até Hibernáculo e você me leva à selva.

O morcego canibal ficou quieto um momento. Depois, concordou.

— Trato feito, morceguinho.

Talvez tivesse subestimado Sombra.

Com o canto do olho, Godo observou o pequeno morcego voando. Certamente não era grande coisa, mas isso poderia ser mudado... com carne, ele cresceria.

Sombra estava certo. Godo precisava dele. Se não chegassem logo a Hibernáculo, Throbb certamente morreria. Não que Godo se importasse com aquela frágil carcaça voadora. Mas até ele começava a sentir um entorpecimento desagradável nas pontas das asas. Precisava de calor.

E Sombra poderia ser mais útil vivo do que morto. Talvez ele pudesse ajudá-lo a convencer os asas-de-prata a ir para a selva. Godo faria com que a coisa valesse a pena para Sombra durante um tempo. Poderia lhe dar privilégios especiais. E ele certamente seria um companheiro mais útil do que Throbb. Aquele pirralho era esperto. Poderia não ser um grande lutador, ainda, mas havia inteligência e fome em seus olhos. Ele realmente queria o poder, e Godo respeitava isso.

Estaria realmente disposto a sacrificar seus parentes, e Marina também? A princípio sentira dúvida, mas depois de um tempo começou a acreditar que Sombra estava dizendo a verdade. Afinal de contas o pirralho era esperto.

Tinha enxergado a verdade.

— É isso — disse Sombra de repente a Godo. — O último marco. — Ele apontou a ponta da asa para um morro no horizonte oeste.

Godo olhou.

— Você nunca falou nada sobre um morro.

— Mas sabia que ia lembrar quando visse. Só tinha *esquecido* essa parte do mapa da minha mãe. Vamos deixar o rio e passar por cima daquele morro, e, depois disso, não deve ser muito longe. Pelo menos não acho que seja.

Avaliou a distância. Sentiu-se enjoado. Outra noite de vôo, talvez duas, iria levá-los àquele morro.

— Bom — disse Godo. — Por aqui! — gritou para Throbb e Marina. Afinal de contas, Sombra decidiu cooperar.

Marina lançou um olhar para ele, por cima da asa. Sombra viu os olhos dela apenas por um momento, o bastante para enxergar o nojo. Depois, precisou desviar a visão.

— Está clareando — disse Godo. — Vamos comer aqui e achar um abrigo para o dia. Fiquem na clareira onde eu possa vê-los.

Sombra planou, cauteloso, até a copa das árvores. Ultimamente não tinham encontrado nenhuma coruja ou outros pássaros, mas mesmo assim ele estava atento para a possibilidade de algum aparecer.

— O que você está fazendo? — sibilou Marina, dardejando à sua frente.

— O que importa? — respondeu Sombra com frieza.

Dava para ver Godo circulando baixo, acima, vigiando, e sabia como a audição dele era boa.

— Você não está realmente guiando-os para Hibernáculo.

Sombra ficou quieto.

— Diga se está, porque vou tentar fugir sozinha.

— Eu não faria isso.

— Não.

— Eles iriam pegá-la.

— Como você pôde fazer isso? Com sua própria colônia? Comigo?

Ele a encarou com o rosto duro, querendo falar, mais do que qualquer coisa. Mas não podia. Ela voou para longe, indo comer sozinha.

Seu coração ficou pesado como uma pedra. Comeu sem sequer notar, procurando em lugares que Marina tinha ensinado. Passou por um arbusto procurando casulos, e foi então que viu as folhas. Encarou-as por longo tempo. Havia alguma coisa familiar nelas. Sim, reconheceu a forma, a textura com veios escuros. Mas onde...?

Na ponta da torre da catedral.

Zéfiro tinha mastigado aquela folha e cuspido na sua boca. A folha o tinha feito dormir.

Sombra quase gemeu de gratidão.

Olhou, cauteloso para Godo e Throbb. Eles haviam se acomodado na copa de uma árvore para vigiar Sombra e Marina.

Sombra pousou no arbusto, ainda à vista. Achou um saco de ovos de grilo e comeu, faminto. Enquanto mastigava estendeu lentamente uma garra e arrancou uma folha do galho. Lentamente amassou-a debaixo da asa, apertando-a de encontro ao corpo.

Olhou os dois canibais. Não pareciam ter notado. Godo estava armando o bote, preparando-se para uma caçada.

Sombra voou do arbusto e continuou a comer.

Godo trouxe um morcego de volta para a caverna e o despedaçou, faminto. Com o estômago revirado, Sombra viu que era um asa-brilhante. Marina ficou olhando os dois canibais, os olhos chamejantes.

— Agradeça porque encontrei esse desgarrado — disse Godo a ela. — Caso contrário, você é que poderia estar sendo comida agora.

Sombra respirou fundo, devagar.

— Eu gostaria de comer um pouco.

Godo e Throbb o encararam.

— Ah há! — grasnou Godo. — O pequenino desenvolveu apetite por carne, afinal de contas.

— Não tem o bastante para ele esta noite — reagiu Throbb. — Deixe que ele pegue sua própria carne.

— Não seja tão pouco generoso, Throbb — disse Godo. — Temos um convertido a Zotz.

Com o canto do olho, Sombra viu Marina encarando-o, incrédula.

— Ande, pegue um bocado — disse Godo.

Sombra foi lentamente até a carcaça, obrigando-se a não perder a coragem no último instante. Deu as costas para Godo e Throbb enquanto se curvava sobre o morcego meio devorado. Não queria que vissem seu rosto.

Nos últimos minutos, estivera mastigando a folha, tão devagar que ninguém havia notado. Fora extremamente cuidadoso. Não tinha engolido nem mesmo uma gota. Mantinha tudo na lateral da boca, amassado e misturado com a saliva, formando uma poção transparente.

Agora, curvando-se sobre o corpo do morcego, fingiu comer, baixando os dentes. Mas não comeu, simplesmente deixou o líquido da folha pingar em silêncio na carcaça. Um pouco aqui, um pouco ali. Por sorte, o líquido não tinha cheiro e praticamente não tinha gosto — nada para alertar os dois canibais.

— Ele nem está comendo! — gemeu Throbb, chegando mais perto para ver o que Sombra estava fazendo.

Rapidamente, Sombra fechou a boca.

— Coma! — rosnou Godo, batendo nele com a asa estendida. — Você disse que queria comer. Então coma!

Sombra ainda estava com um pouco da poção na boca. Agora não tinha como se livrar. Precisava comer um pouco do morcego. Seu estômago se revirou enquanto ele se curvava e dava uma mordida delicada, ao mesmo tempo em que deixava o resto do líquido escorrer para fora da boca.

O gosto da carne trouxe lágrimas aos seus olhos. Tentou não tocá-la com a língua nem deixar que ficasse muito tempo na boca. Engoliu, quase engasgando, enojado e com uma vergonha horrível. Sentia que fizera uma coisa indizivelmente ruim. Não pôde impedir que as lágrimas descessem pelo nariz e o pêlo.

— Você vai se acostumar — disse Godo. — Logo vai gostar tanto que mal vai conseguir esperar até matar de novo.

Throbb empurrou Sombra violentamente para o lado e começou a se alimentar da carcaça. Sombra se arrastou devagar voltando até Marina, porém ela se afastou, só o encarando com um olhar de ódio absoluto.

— Traidor — disse ela, e virou as costas. — Gostaria de nunca ter conhecido você.

A luz do sol ardia fora da caverna.

Hesitando, Sombra mexeu o corpo, só um pouco, para ver se Godo notaria. A respiração pesada do canibal continuava imperturbável. Devagar, tirou os ombros de sob a asa de Godo. Depois o peito e as asas, o mais apertadas possível contra o corpo. Estava quase fora quando Godo se retorceu. A asa larga se contraiu, puxando Sombra para perto de seu corpo fedorento e úmido.

Sombra se obrigou a ficar frouxo, esperando temeroso por alguns instantes. Mas Godo não acordou. Trincou os dentes no sono, e um fio de saliva pingou da boca aberta. Sombra desviou o olhar, enojado, e começou a deslizar o corpo para a frente de novo. Estava quase lá, quase lá, só faltando a cauda e as pernas traseiras.

Uma de suas asas bateu no antebraço de Godo, fazendo uma das pulseiras de metal bater em outra. Isso provocou um tilintar claro.

— Sombra — disse Godo.

Sombra se imobilizou, horrorizado; depois, virou a cabeça lentamente. Um dos olhos de Godo estava aberto, olhando direto para ele. Mas o morcego gigante não se movia. Seu olhar estava morto, desfocado.

— Ele continua dormindo — pensou Sombra.

Continuaram a se encarar, Sombra imóvel, esperando para ver o que aconteceria em seguida.

— Vá dormir — cochichou.

Como se aproveitasse a deixa, o olho de Godo se fechou e sua respiração voltou ao normal.

Com uma lenta pressão dos ombros, Sombra se soltou da asa de Godo. Arrastou-se até onde Throbb estava dormindo seu sono drogado, com a cabeça feia tombada. Cuidadosamente, levantou uma aba de sua asa direita e cutucou de leve a cabeça de Marina com o nariz.

— Shhhh — falou baixinho, quando ela se remexeu e abriu os olhos. — Não faça nenhum som.

Ela o encarou com o mesmo ódio frio da noite anterior, e, de repente, Sombra temeu que Marina fosse dizer alguma coisa, que fizesse um barulho súbito que estragaria tudo.

— Confie em mim — foi o que pôde dizer, num sussurro.

Ajudou-a a sair da asa de Throbb e os dois se arrastaram em silêncio até a abertura da caverna.

— Feche os olhos — disse a ela.

Os dois fecharam os olhos, abriram as asas e voaram.

Nuvem de Tempestade

Mesmo com os olhos totalmente fechados, uma claridade furiosa penetrava dolorosamente nas bordas, atrapalhando a visão de som. Com Marina ao lado, circulou rapidamente, orientando-se pelas copas das árvores. Depois, voou direto, voltando ao lugar de onde tinham vindo na noite anterior. Queria se afastar de Godo e Throbb o máximo possível antes de eles acordarem do sono drogado.

Estava ao sol. À luz do dia. Nenhum morcego estivera ali, há milhões de anos.

Podia sentir o calor nas asas, no pêlo das costas. E, mesmo no frio dia de inverno, era uma coisa gloriosa. Parecia a vitória.

— Por que eles não acordaram? — perguntou Marina.

— Eu os droguei.

Falou rapidamente sobre a folha, e como tinha fingido comer o morcego. E depois recuou mais ainda e contou o plano. Como queria fazer com que Godo confiasse nele e depois os guiou para o oeste, para longe de Hibernáculo, esperando que os canibais morressem congelados ou ficassem tão fracos que ele e Marina poderiam escapar e voar mais rápido.

— Ah, Sombra — disse ela em voz baixa. — Desculpe. Eu não sabia.

— Sei. Queria que a coisa fosse convincente, só isso. — Ele hesitou. — Você não me odeia, não é? — Aqueles olhares que ela havia lançado eram difíceis de esquecer.

— Claro que não odeio! Você nos salvou!

— Ainda não.

Não havia estrelas para guiá-lo. Esperava ser capaz de lembrar o caminho; na noite anterior, enquanto se afastava do rio, estivera tentando achar marcos que pudesse guardar na memória.

— O sol vai machucar a gente? — perguntou ela.

— Ainda não transformou a gente em pó.

— Mas vai cegar?

— Não creio. Aquilo eram só histórias que elas contavam aos filhotes. Mas pode ser demais, a princípio. Vá devagar. E nunca olhe direto para ele.

Aos poucos, enquanto voava, Sombra afrouxara as pálpebras, levantando-as bem aos poucos. A ânsia de abri-las era muito maior do que tinha imaginado. Queria tanto ver a luz do dia em toda a sua glória!

Abriu os olhos só mais um pouquinho e...

Ouviu Marina ofegando, espantada.

— Está vendo? — sussurrou.

— Estou.

Era o mesmo mundo onde havia passado toda a vida à noite, mas, agora, sob o brilho do sol, estava transformado. Estranhamente, não era tão nítido e claro quanto havia imaginado. A luz do sol parecia enevoar as coisas, ao passo que sua visão de eco sempre lhe havia dado a imagem mais clara. Mas havia uma beleza ofuscante nesse mundo novo. Tudo parecia iluminado de todos os lados, as árvores, os arbustos, as folhas mortas, a neve, até o ar. Tinha uma profundidade e uma textura que ele jamais havia imaginado. Nunca tinha notado o ar antes, o modo como ele absorvia a luz. Quase podia senti-lo com os olhos. Tudo brilhava.

O mundo era lindo, mas doloroso. Seus olhos não estavam preparados para mais. Deixou-os abertos só uma fresta.

— Vamos mais alto — falou. Queria se afastar daquelas árvores, subir aonde houvesse menos pássaros. Um corvo de olhos afiados poderia estar vigiando de debaixo. Eles não teriam aviso se um atacasse.

À noite, suas asas e o corpo preto o faziam se fundir ao ambiente; agora, o transformavam num alvo fácil. Marina estava um pouco melhor, com seu pêlo brilhante e sem cor.

O dia escurecia. Nuvens grandes cobriam o sol. E havia também um vento com o cheiro inconfundível de relâmpagos.

— Vem tempestade por aí — disse Marina.

Adormecido na caverna, Godo enrolou as asas contra o corpo. Seu nariz estremeceu. Havia alguma coisa errada. Estendeu a asa, batendo-a no chão. Grunhiu e, com grande esforço, levantou devagar as pálpebras pesadas. Sombra tinha sumido.

— Throbb — gemeu grogue de sono. Em seguida tossiu e se levantou. — Throbb!

Throbb continuava dormindo, apagado.

Furioso, Godo cambaleou e saltou pela caverna, acertando Throbb com o focinho, batendo em suas asas para olhar atrás dele.

— O quê? — gritou Throbb, alarmado.

— Eles foram embora!

— Ainda é dia — disse Throbb, franzindo a vista para a entrada da caverna. — Eles não podem...

— Eles foram embora! — rugiu Godo outra vez. Em seguida farejou o chão, procurando o cheiro dos dois. — Mas não faz muito tempo. Levante-se.

— Para a luz?

— É.

— Mas não é seguro.

Com um giro rápido, Godo cravou as mandíbulas na asa de Throbb, deixando os dentes afiados apertar as bolhas. Throbb gritou.

— O inverno não é seguro — sibilou Godo. — E se não acharmos a caverna deles, vamos morrer congelados! E você primeiro.

— Certo, está bem — gemeu Throbb.

Os dois saltaram para a entrada da caverna e se lançaram à luz do dia.

O vento vinha por trás como um demônio, mas Sombra achou bom. Significava que haveria menos pássaros. E, mais importante, eles estavam sendo soprados cada vez mais para longe dos morcegos canibais. Dava para ver, pela mudança de temperatura e de luz, que o céu estava completamente lacrado por nuvens. Já era difícil manobrar o vôo, e Sombra se perguntou quanto tempo mais poderiam seguir sem procurar abrigo. Abaixo o chão passava com velocidade assustadora, e ele mal sentia o controle das asas.

— Como você está? — perguntou Marina acima do ruído do vento.

— Apavorado.

— Eu também.

— A gente já deve estar chegando de volta ao rio.

"Se eu não tiver cometido um erro", pensou Sombra, preocupado. Achava que tinha identificado alguns marcos familiares, mas havia trechos de terreno que pareciam totalmente novos. Mas alguns milhares de batidas de asas depois a vastidão de árvores foi rompida pela linha sinuosa do rio.

— Ali está! — gritou empolgado.

E ali estava uma coruja, alçando-se das árvores bem na frente deles.

— Violadores da lei! — gritou a coruja.

Sombra era soprado diretamente para ela, os dois estavam, e ele sabia que não poderiam escapar das garras do pássaro. Não havia tempo para se desviar nem para subir mais alto. E, naquela interminável fração de segundo, ele se lembrou da mariposa-tigre que havia caçado há tanto tempo em Porto-da-árvore, como ela parecia lenta e desamparada, mas...

Nem sabia se daria certo.

Mas era a única chance.

Fechou os olhos e cantou uma imagem para a coruja. Desenhou uma dúzia de morcegos diferentes no ar, ao redor deles, alguns subindo mais alto, alguns saindo de lado, outros mergulhando no chão.

Viu a coruja hesitar. Onde estavam os morcegos de verdade? Estava dando certo! Ele havia conseguido. Mas a coruja balançou a cabeça e seus olhos terríveis espiaram-nos diretamente, com as garras prontas para prender e dilacerar.

Sombra tentou de novo. Gritando, lançou uma imagem de eco de Godo, com envergadura de noventa centímetros, garras estendidas, mandíbulas abertas.

A coruja captou a imagem e gritou aterrorizada, mergulhando de volta nas árvores, nem mesmo ousando olhar atrás.

— O que você fez? — perguntou Marina.

— Um truquezinho que aprendi com uma mariposa-tigre — disse, petulante. — Qualquer hora dessas eu ensino.

Um leve tilintar metálico alcançou seus ouvidos, e então se dissolveu. Todo o seu corpo se retesou. Prendeu o fôlego e esperou que tivesse apenas imaginado, aguardando o silêncio.

— Você ouviu isso? — perguntou Marina.

O coração de Sombra bombeou, furioso. Girou o pescoço, forçou a vista, mas viu apenas um piscar negro à distância, e depois nada, depois duas piscadelas que sumiram de novo. Mas ouviu, agora mais claro, o familiar assobio metálico cavalgando o vento.

— A que distância eles estão? — perguntou Marina.

— Não sei. Mas como sabem em que direção viemos?

— Não são idiotas. Num vento assim, é a única direção em que poderíamos ir.

— Eu deveria ter mastigado mais folhas! — gritou furioso. — Por que não fiz isso? Teria sido tão fácil! Havia um arbusto inteiro, eu poderia...

— Sombra — alertou Marina. — Olha só.

Fervilhando no horizonte havia um enorme cúmulo de tempestade.

— Vamos despistá-los — disse ela.

Atravessou a nuvem e foi jogado de um lado para o outro, como uma folha. Dentro, foi quase ensurdecido pelos próprios ecos, ricocheteando de todos os lados. Era como estar numa caverna minúscula. A visão de som era inútil. Não era muito melhor do que voar às cegas. Chocou-se contra as paredes da nuvem, incapaz de ver muito mais do que um metro adiante do nariz.

— Marina! — gritou, e sua voz ecoou entorpecida.

Saindo da névoa, ela chegou ao lado.

— Não consigo ver nada — disse Marina.

— Eles também não vão conseguir. Vamos tentar atravessar o topo. Depois podemos circular de volta, mergulhar abaixo da nuvem e achar o rio de novo.

Juntos, espiralaram desajeitados, subindo cada vez ao interior da nuvem. O tempo todo perdiam-se de vista nos morros e vales de névoa preta. Estava ficando mais escuro ali dentro, o ar quase denso demais para se respirar.

— Seu pêlo está com uma sensação esquisita? — sussurrou Marina.

Sombra olhou para o peito. Os pêlos estavam pinicando, eriçados.

— O que é isso?

De repente, o ar ficou com um cheiro diferente, metálico. O interior do cúmulo foi iluminado pelo clarão de um raio que os cegou por um instante. O trovão tirou o ar de dentro do peito de Sombra.

— É melhor atravessarmos o topo logo — gemeu —, caso contrário, vamos ser acertados!

Inclinaram as asas, bateram com mais força, e um par de garras enormes saiu da névoa diante deles. Sombra rolou para o lado enquanto Godo mergulhava, batendo os dentes, mas errando os dois. Godo fez uma curva fechada, girando para passar pela segunda vez.

Sombra continuou às cegas no cúmulo de tempestade, sem saber para onde ia nem onde Marina se encontrava agora. Através de um véu de nuvem enxergou uma sombra diferente, crescendo, vindo direto para ele. Mergulhou, mas não foi suficientemente rápido. Throbb surgiu acima, pegando sua cauda com as garras e puxando-o para trás, pelo ar.

Sombra ouviu as mandíbulas de Throbb se abrindo, prontas para morder, e bateu as asas para cima, freando e dando uma cambalhota por cima do morcego canibal. Enquanto girava, mirou a asa ferida de Throbb, cravando as garras e as puxando com força.

Throbb uivou, puxou a asa com força e se desviou para fora das vistas.

Sombra planou um momento, tentando se orientar. Vá para o topo, diziam seus instintos. Era para onde estávamos indo. Marina também iria para lá.

De repente, o ar ardeu em suas narinas, o pêlo se eriçou e ele fechou os olhos bem a tempo. O raio passou por ele, tão perto que deu para sentir o calor tremendo; depois, o trovão veio em seus calcanhares, cegando ambos os olhos.

Mal conseguia enxergar, mal conseguia ouvir, e estava voando com toda a velocidade que podia. Só identificava a diferença entre acima e abaixo. Por um momento achou que ia chegar, mas era apenas uma bolha estranha dentro do cúmulo, como uma caverna mágica flutuando no céu.

Um grito horrível atravessou a nuvem.

— Marina! — gritou em pânico. Tinha certeza de que era ela. — Marina! Onde você está?

Godo mergulhou sobre ele, prendendo-o numa das garras e furando sua asa em dois lugares. Mas o grito de dor morreu em sua garganta quando viu o objeto brilhante e ensangüentado entre os dentes de Godo.

A pulseira de Marina.

Furioso, tentou dilacerar os olhos de Godo, mas o morcego canibal o segurou longe do corpo, um pirralho inofensivo.

— Throbb! — gritou ele. — Temos nosso guia de volta. — E olhou para sombra. — O novo trato é o seguinte: você nos leva a Hibernáculo agora mesmo ou eu viro suas entranhas pelo avesso.

De repente, Godo girou de costas, golpeado pelo corpo brilhante de Marina.

— Venha! — gritou ela para Sombra.

Ele se retorceu, livrando-se de Godo, e partiu na direção dela. O antebraço de Marina estava sangrando terrivelmente. Mas, antes que os dois pudessem mergulhar num mar de nuvem,

Throbb veio de lado, bloqueando a fuga. Sombra recuou com Marina, balançando loucamente, enquanto Godo e Throbb se aproximavam de cada lado, com as asas totalmente abertas para pegá-los.

O ar pinicou de novo, e o pêlo de Sombra se eriçou. Dessa vez, o cheiro metálico era quase insuportável, e parecia estar vindo de Godo e Throbb. Os olhos dele se fixaram nas pulseiras de metal que enfeitavam o corpo dos canibais. Da nuvem negra acima, saiu um filamento finíssimo de luz e tocou de leve numa das pulseiras no antebraço de Throbb. A luz foi de um lado para o outro, brincalhona.

— Para trás! — gritou para Marina, fechando os olhos com força.

O raio caiu bifurcado, e, com sua visão de eco, Sombra viu Throbb se transformar em cinzas numa fração de segundo. Godo pareceu inchar até o dobro do tamanho normal, quando o raio o acertou, com todo o pêlo saltando do corpo, as asas rígidas dos lados, esticando-se, esticando-se. E o cheiro, o mais terrível cheiro de carne e pêlo queimados.

Então Godo estava caindo, girando sem vida, com as asas queimando. Foi jogado de lado e engolido na escuridão tumultuosa do cúmulo.

— O raio... devem ter sido as pulseiras de metal! Ele acertou as pulseiras primeiro!

— Vi — ofegou Marina. — Por sorte Godo tirou a minha.

Sombra olhou preocupado para o antebraço sangrento.

— Tudo bem, não quebrou — disse ela.

Juntos pairaram lentamente, descendo pela nuvem. Sombra se encolhia quando o ar assobiava, doloroso pelos rasgos que Godo tinha deixado em suas asas. Estavam livres! Mergulharam pela parte de baixo da nuvem e voltaram ao ar livre.

No chão, Sombra pegou algumas folhas secas e as apertou contra o ferimento de Marina.

— O sangramento parou — falou, depois de alguns minutos. — Eu poderia procurar aquela frutinha que Zéfiro usou.

— Mas, e você? — perguntou ela, olhando para suas asas. A membrana estava frouxa em dois lugares.

— Tudo bem, ainda consigo voar.

— Então eu também consigo — disse ela cheia de determinação, sacudindo as folhas. — Vamos terminar o que começamos.

O corpo de Godo estava esparramado nos galhos, chamuscado e ferido. Subia fumaça do pêlo queimado.

Um corvo curioso pulou para perto, ainda que o cheiro fosse terrível. O pássaro nem sabia direito que ser era aquele, com as asas e o corpo tão chamuscados. O que quer que fosse, certamente estava morto. O corvo imaginou o que teria acontecido. Talvez uma colisão com um daqueles fios humanos esticados pelo campo — hoje, o vento estava bem forte, o bastante para soprar alguém contra eles. E, além disso, tinha havido os raios.

O corvo captou um brilho de metal no corpo do ser. Algum tipo de pulseira suja de fuligem no antebraço. E olhe, havia mais. Pulou mais perto. Nunca tinha visto uma cabeça como aquela num pássaro. Que mandíbulas! Mas sua atenção se fixou de novo nas pulseiras. Era o que ele queria. Se pudesse simplesmente arrancá-las!

O fedor da criatura era realmente insuportável. Baixou a cabeça e bicou a pulseira menor. Estava apertada. Hipnotizado pelo brilho, tentou de novo e a puxou com força.

Os olhos e as mandíbulas de Godo se abriram simultaneamente. A última coisa que o corvo enxergou foi uma fileira dupla de dentes afiados vindo em sua direção.

Depois de comer a ave, Godo sentiu um pouco das forças retornando. Cada movimento doía muito, mas ainda estava vivo.

Vivo.

Sentia-se realmente espantado: Zotz devia estar protegendo-o daquele raio. Imaginou se ainda conseguiria voar. Bem devagar desdobrou as asas. Estavam machucadas e queimadas em vários lugares, derretidas pelo calor do raio. Mesmo assim, talvez tivesse superfície de asa suficiente para voar.

Descansou, comeu, descansou mais um pouco. À meia-noite não conseguiu esperar mais. Tinha de descobrir se conseguiria voar.

Gritando de dor, abriu as asas, retesou os músculos feridos e bateu as asas. Mergulhou vários metros antes de o ar ser apanhado sob as asas, e ele levantou vôo.

Voltaria à sua pátria. Rezaria a Zotz. Ficaria forte de novo. E, um dia, retornaria a essa vastidão do norte para se vingar de Sombra e de toda a sua colônia. Que Zotz o ajudasse!

HIBERNÁCULO

O rio se agitava, borbulhando nas pedras.

Sombra vinha seguindo-o com Marina, há horas, esperando que alguma coisa se encaixasse em sua cabeça, dizendo finalmente como chegar a Hibernáculo. Era o crepúsculo. O borbulhar da água estava aumentando e, à distância, dava para ouvir um rugido grave, que o fazia se lembrar desagradavelmente das ondas do oceano. Cada vez mais alto, a água correndo mais rápida entre as margens até que...

O rio terminou.

Sombra ficou boquiaberto quando o rio simplesmente caiu numa parede vertical, mergulhando muitas dezenas de metros até se chocar na margem de um lago. Ele circulou, olhando.

— Cachoeira — disse Marina. — Já vi uma antes. O que fazemos agora?

Sombra nunca tinha visto uma coisa assim. A água rugia, caindo direto pelo ar. Não havia mais rio, nada mais para seguir... mas, num instante, finalmente, entendeu.

Este era o último marco dado por sua mãe: uma ampla torrente de água se chocando entre margens rochosas, lançando nuvens de gotículas e rugindo. Ele estivera pensando que era de lado, e não de cima para baixo.

— Estamos aqui — ofegou, e então mais alto: — É isso!

— É?

— Aqui é Hibernáculo.

— Onde?

— Venha atrás de mim.

Começou um mergulho lento, direto na cachoeira.

— Você pirou, Sombra?

— Venha!

Marina encolheu as asas com relutância e o acompanhou.

Ele já podia sentir a névoa no rosto. À medida que chegava mais perto, viu que a cachoeira não era realmente uma parede sólida. A água caía de modo diferente em vários lugares, aqui em camadas finas, ali em fios retorcidas, plumas nevoentas, torrentes pesadas.

— Sombra? O que você está fazendo?

E ali: exatamente o que estava procurando. Como um olho de nó em Porto-da-árvore: uma minúscula abertura circular no meio de uma cortina ondulante de água. Mirou com seu olhar sônico, certificando-se de que ela não se fechasse.

— Fique bem atrás de mim! — gritou para Marina.

Voou direto para a cachoeira, dobrou as asas com força e mergulhou na abertura. A água trovejou, ensurdecedora, em seus ouvidos — ou seria no coração? — e, mesmo antes de passar, soube o que veria do outro lado.

Entrou numa vasta caverna. Centenas de asas-de-prata giravam no ar, e outras centenas pendiam das paredes e de estalactites gigantescas que caíam do teto.

Hibernáculo.

A colônia tinha dobrado de tamanho, inchada por todos os machos que haviam se juntado às fêmeas em Abrigo-de-pedra. Podia sentir o calor jorrando dos corpos.

— Ei! — gritou muito animado. — Olá!

Voou em círculos apertados com Marina, tonto de felicidade, com o olhar saltando em meio à nuvem de morcegos, tentando ver sua mãe, Frida, algum rosto familiar. Todos aqueles morcegos novos estavam olhando-o com surpresa, e, no mesmo instante ele foi inundado por perguntas.

— De onde vocês vieram?

— Estavam voando de dia?

— São malucos?

— Espere, esse é o filhote que se perdeu na tempestade!

— Não pode ser!

— Sou, sim! — gritou ele. — Sou eu! Sombra! Eu me perdi. Mas achei vocês!

— Sombra? — A voz de sua mãe atravessou a balbúrdia. — Sombra!

Seu coração pulou, e ele se fixou nela com a visão de som. Queria voar no mesmo instantante até lá, mas não podia deixar Marina sozinha.

— Venha — disse a ela. — Venha conhecer minha mãe.

Com Marina ao lado, foi até Ariel. Os dois giraram um ao redor do outro, num espanto e numa alegria total, antes de se empoleirar numa laje. Sombra encostou o rosto no pêlo quente e perfumado dela. As asas de sua mãe o envolveram.

— Pensamos que você estivesse morto!

— Não — disse, feliz. — Estou vivo. Mamãe, esta é Marina. Nós nos conhecemos depois de eu me perder na tempestade. Sem ela, eu provavelmente estaria morto.

Marina havia se acomodado um pouco distante, olhando sem jeito. Ariel estendeu a asa para ela.

— Venha mais perto — disse, gentil. — Obrigada. — E focinhou a asa-brilhante, agradecida.

— Bem, a coisa funcionou dos dois lados — disse Marina. — Nós nos ajudamos.

Ariel falou de novo para Sombra, balançando a cabeça:

— Conte o que... — Ariel parou, ao ver os furos em suas asas. — Você está ferido!

— Não é muito ruim.

— E você também — disse a Marina, olhando seu antebraço sangrando. — Precisamos cuidar disso...

— Agora não é importante — disse Sombra, impaciente. Estava quase explodindo palavras. — Mamãe, Cassiel está vivo!

Os olhos dela se estreitaram, incrédulos.

— Mas... como você sabe?

— Zéfiro contou, o morcego albino, você sabe, o Guardião da Flecha da Torre, na cidade. Ele consegue ver o passado e o futuro e... — Sombra respirou fundo e soltou o ar num jorro.

— Comece do princípio.

Era Frida, voando e se empoleirando ao lado deles.

— Bem-vindo, Sombra.

— Consegui! — disse a ela, animado.

— É o que vejo. — Os olhos da anciã se franziram num sorriso, enquanto estendia a garra e tocava a cabeça de Sombra. — Tenho certeza que há muita coisa a contar.

Começar do início foi uma angústia para Sombra.

Queria ficar pulando adiante; queria contar tudo ao mesmo tempo. Mas se obrigou a ir devagar. Suas asas foram abertas, os ferimentos cobertos com suco de frutinhas. Afinal de contas, não era somente Zéfiro que conhecia poções. Frida havia insistido em cuidar dos ferimentos deles antes de permitir que começassem. E agora Sombra e Marina contavam a história juntos, cada um preenchendo algum incidente ou detalhe que o outro deixava escapar

Toda a colônia escutava, fascinada. Mesmo tendo passado bastante da hora do crepúsculo — e eles deveriam estar lá fora caçando, preparando-se para o grande sono —, os asas-de-prata optaram por ficar e ouvir o que aquele jovem asa-de-prata e sua amiga asa-brilhante tinham a contar.

Enquanto falava, Sombra viu Aurora, Lucrécia e Betsabé, empoleiradas acima dele, e de um lado os quatro anciãos cujos nomes ele ainda não sabia. Eram muito velhos, com o pêlo cheio de prata, cinza e branco, e o espiavam atentamente. Sombra teve um clarão de lembrança de si mesmo no abrigo superior de Porto-da-árvore, gaguejando e com medo, mas, dessa vez, estava muito dentro de sua história para sentir medo.

Por fim, ele e Marina terminaram. Não tinha idéia de quanto tempo haviam falado, mas se sentia exausto, a boca seca. Mercúrio, o mensageiro dos anciãos, trouxe para eles uma folha com água da cachoeira. Sombra bebeu, agradecido.

— Tivemos sorte — disse Frida. — Ficamos adiante da ordem das corujas para fechar os céus. Se ela tivesse nos alcançado...

Sombra pensou nos asas-brilhantes trucidados e estremeceu.

— Agora *haverá* uma guerra — disse Betsabé, amarga. — Graças a esses morcegos da selva. — Mas seus olhos de aço estavam fixos em Sombra, e ele soube que, de algum modo, ela também o culpava.

— As corujas vêm esperando há séculos uma desculpa para fazer a guerra — disse um dos anciãos machos. — Se Godo e Throbb não tivessem aparecido, elas teriam inventado alguma outra desculpa para fechar os céus.

O ânimo de Sombra desabou. Há apenas algumas horas sentira empolgação por ter atravessado a cachoeira e entrado em Hibernáculo. Agora percebia como a situação era séria.

— Pelo menos o inverno vai interromper qualquer luta — disse Aurora. — Logo as corujas vão estar hibernando.

— Certo, mas, quando a primavera chegar — disse Betsabé, séria —, as corujas vão nos varrer da face da Terra.

— Quando a primavera chegar — disse Frida, calma —, devemos ir a todas as colônias de morcegos e explicar o que aconteceu. E devemos mandar enviados aos reinos dos pássaros e dos animais terrestres, com a esperança de acabar com essa loucura.

— Se eles ouvirem — disse Bestabé.

— Se não ouvirem, deveremos lutar — disse outro macho ancião.

Aplausos esparsos vieram de alguns asas-de-prata. Mas Sombra viu o rosto de sua mãe endurecer.

Frida suspirou, cansada. De repente, parecia muito velha.

— Se os pássaros e os animais terrestres não ouvirem, e se quiserem a guerra, sim, deveremos lutar.

— E a Promessa de Noturna? — perguntou alguém.

Um morcego macho alçou do poleiro e girou no ar. Sombra captou um clarão de metal no antebraço dele. — Desistimos de esperar que Noturna, ou os humanos, venham nos ajudar?

— Quem é ele? — sussurrou Sombra para Frida.

— O nome dele é Ícaro. Era amigo do seu pai.

O pulso de Sombra acelerou.

— Não fale da Promessa de Noturna — rugiu Betsabé. — Ela trouxe apenas sofrimento ao reino dos morcegos. Você se esqueceu da rebelião de quinze anos atrás?

— Mas talvez Siroco estivesse certo — disse Ícaro. — Talvez nós realmente nos transformemos em humanos.

— Apenas alguns de nós — disse Sombra em voz baixa, mas sua voz percorreu toda a caverna. — Se Siroco estiver certo, só os morcegos com pulseiras vão se transformar. Isso significa que quase todos nós ficaremos de fora.

Marina se virou para Frida.

— Você já ouviu alguma coisa sobre a transformação em humanos? — perguntou.

— Sim, há muito tempo, mas nunca acreditei que fosse verdade.

— Mas e se fosse? — pensou Sombra, sentindo enjôo. Viu Marina olhar para o antebraço ferido. E se ela tivesse tido sua chance de ir para a luz do dia e perdido para sempre? Não tinha mais a pulseira. Mas será que isso contava? Ela a havia recebido dos humanos, e ela fora retirada por morcegos, mas talvez...

Marina encarou seus olhos ansiosos e sorriu.

— Não se preocupe — falou. — Se eu tivesse ficado com Siroco, talvez estivesse morta como os outros. — Em voz alta, para que toda Hibernáculo pudesse ouvir, disse: — Também não acredito.

— Então parece que ninguém sabe o que as pulseiras significam — disse Betsabé em tom de zombaria.

— Mas temos de descobrir — insistiu Sombra. — Talvez meu pai saiba. — E falou a Ícaro: — Você sabe para onde ele ia, quando desapareceu na primavera passada?

Ícaro ficou quieto.

— Sou filho dele. E quero encontrá-lo. Quero saber o que as pulseiras significam, e se os humanos vão nos ajudar ou não. Todos precisamos saber.

— O garoto está certo — disse Frida. — Ícaro, você conhecia bem Cassiel. Se sabe aonde ele foi, diga.

— Havia uma construção humana — falou Ícaro, inquieto. — Hanael a viu à distância na primavera passada. Disse que havia estranhos mastros de metal, no teto. Mas, quando voltou para olhar pela segunda vez, não voltou. Cassiel foi em seguida. Ele me fez prometer que não contaria a ninguém, que era perigoso demais.

— Ele está lá — ofegou Sombra, com certeza absoluta. — Tenho de ir! — Em seguida olhou para sua mãe. — Você entende, não é?

Ela assentiu.

— Vou também.

— Vai?

— E eu — disse Frida. — Sou velha, mas pretendo fazer essa jornada antes de morrer.

— Isso é absurdo! — gritou Betsabé.

— Contem comigo também — disse Ícaro.

— E eu — acrescentou um segundo macho com pulseira.

— Eu também — gritou outro morcego, e Sombra reconheceu a voz de Ventoforte. Mas não teve tempo para cumprimentar, porque uma pequena avalancha de vozes tinha começado, e seu olhar dardejou pela caverna, deliciado, enquanto cada morcego, machos e fêmeas, jovens e velhos, gritava.

— Betsabé — começou Frida —, imagino que não vá se juntar a nós.

— Certamente não — respondeu a anciã. — Não tenho vontade de acabar com a vida por enquanto.

De repente, Sombra percebeu uma coisa. Marina não tinha dito uma palavra. Virou-se para ela, preocupado, e havia uma melancolia em seu sorriso que fez a garganta dele se apertar.

— Você conseguiu, Sombra — disse ela. — Chegou em casa.

— Não vai embora, vai?

— Será que minha colônia me aceita de volta, agora que não tenho mais pulseira?

— Mas... você quer mesmo voltar?

Marina parecia exasperada.

— Bem, quero dizer, tenho de ir a algum lugar, não tenho?

— Não, não tem! Pode ficar aqui comigo! Com a gente! Não pode, Frida?

— Claro que pode — disse a anciã.

— Verdade? — perguntou Marina. — Vocês não se incomodariam de ter uma asa-brilhante por perto?

— Asas-de-prata! — gritou Frida. — Vocês têm um lar para uma jovem que se distinguiu com tamanha ousadia, lealdade e heroísmo?

— Sim — disse Ariel ansiosa. — Fique! — E o convite ecoou. Uma dezena, depois centenas de asas-de-prata; toda a caverna reverberou com o som de asas de morcegos batendo no ar, aprovando.

— Esta é sua nova colônia — disse Sombra. — Isto é, enquanto você quiser.

— Então, vou com vocês. Vou achar o seu pai. E descobrir o segredo das pulseiras.

Naquela noite, os asas-de-prata caçaram perto da cachoeira, mantendo uma vigilância atenta com relação a corujas. Mas era difícil para Sombra não se sentir seguro no meio de centenas de seus companheiros morcegos.

Tinha convencido Frida e os outros de que deveriam partir imediatamente. Alguns desejavam esperar até a primavera, mas e se seu pai estivesse correndo perigo? E se estivesse morrendo? E, agora que o inverno tinha chegado, as corujas começariam a hibernar. Era a ocasião mais segura para fazer a viagem. Afinal de contas, eram só duas noites de vôo. Sombra mal conseguia se conter para não partir imediatamente. Mas até ele percebia que precisava descansar alguns dias. Para que sua asa se curasse, para recuperar a força.

Sua mãe dissera que ele havia crescido. Ficou sinceramente surpreso. Olhou para as asas esticadas, o peito e os braços. Parecia *mesmo* maior. De fato, com Marina perto, viu que agora era do mesmo tamanho dela, talvez até um pouquinho maior.

Ainda não era do tamanho de Ventoforte, nem de longe, mas isso não parecia mais importante.

De volta a Hibernáculo, com a barriga cheia, aninhou-se entre Ariel e Marina, cada um dobrando as asas sobre os outros, para obter calor extra. Ouviu o som da cachoeira jorrando fora da boca da caverna, mantendo todos em segurança e escondidos. Ouviu o som mais suave das estalactites pinga-pingando no chão da caverna. Escutou o som da respiração da mãe, o farfalhar das asas de Marina

Tentou dormir.

Mas seus pensamentos não deixavam. Pensou em tudo o que tinha acontecido. Fora levado para o mar e ficara amigo de uma asa-brilhante com pulseira. Tinha voado sobre uma grande cidade humana e aprendido a se orientar pelas estrelas. Tinha atravessado os picos nevados do mundo e se arrastado sob a superfície. Tinha ouvido o passado e o futuro nas asas de um morcego, visto a luz do dia e voado através de trovões e raios. E, dali a dois pores-do-sol, começaria outra jornada, talvez a maior de todas.

— Durma, Sombra — sussurrou Marina em seu ouvido.

É, pensou ele, os olhos finalmente se fechando. Dormir.

Nota do Autor

Tenho um amigo que é verdadeiramente fanático por morcegos. Ele sabe um bocado sobre morcegos e até constrói "caixas de morcegos", pequenas casinhas de madeira que a gente prega nas árvores. Acho que um pouco de seu entusiasmo me contagiou, porque comecei a ler um pouco sobre morcegos. Num instante fiquei intrigado com as diferentes histórias folclóricas de todo o mundo, que descreviam a gênese dos morcegos, por que eles voam somente à noite e como se relacionam com os outros animais. São aves? Ou são mamíferos? Logo fiquei fascinado por essas criaturas que, pelo menos na sociedade européia, tradicionalmente foram objeto de medo. Com certeza algumas espécies são aterrorizantes (mais feias do que qualquer gárgula que já vi), mas outras, como os que temos na maior parte da América do Norte — e os que são heróis de *Asa-de-prata* —, tendem a parecer belos camundongos com asas.

Fiquei impressionado ao ver como os morcegos são animais notáveis: só vêem em preto e branco (mas podem enxergar muito bem, apesar das suposições tradicionais de que são cegos), e usam tanto o som quanto a visão para se orientar em seu mundo. Migram como os pássaros, e ninguém sabe realmente como acham o caminho em viagens que duram milhares de quilômetros. Sabe-se que alguns morcegos atravessam oceanos.

Tudo isso me pareceu um rico material para criar um novo mundo de fantasia, completo com suas mitologias originais, formas de tecnologia e sua magia. Gostei do desafio de criar um mundo em preto e branco (não menciono uma única cor no livro) e de descrever a visão sônica de um morcego e os mapas de sons que eles usam para migrar. Também gostei do desafio de pegar animais que muitos podem considerar "feios" ou "assustadores" e descrevê-los como personagens interessantes, atraentes. Já se escreveu sobre muitos animais, e na maioria eram razoavelmente bonitinhos: cavalos, camundongos, coelhos, porcos, até aranhas. Mas será que a garotada vai conseguir se identificar com morcegos?

KENNETH OPPEL publicou seu primeiro romance para crianças aos 15 anos. Aos 31, já publicou quinze livros no Canadá, no Reino Unido e na Europa. Dentre seus livros está *Asa-de-prata*, que conquistou o coração das crianças e múltiplos prêmios, inclusive o Mr. Christie´s Book Award, o Ontario Library Association's Silver Birch Award e o Prêmio de Livro do Ano para Crianças da Canadian Library Association; e *Dead Water Zone*, *The Life-Forever Machine* e *Follow That Star*. Oppel mora em Toronto, Ontário, com a mulher, Philippa Sheppard, e duas crianças.

Você pode saber mais sobre Kenneth Oppel e seus livros em www.kennethoppel.ca. O *site*, em inglês, contém trechos de livros, respostas a perguntas freqüentes, várias ilustrações de *Asa-de-prata* e guias para professores.

Este livro foi impresso nas oficinas da
Distribuidora Record de Serviços de Imprensa S.A.
Rua Argentina, 171 – Rio de Janeiro, RJ
para a
Editora José Olympio Ltda.
em julho de 2007

*

75º aniversário desta Casa de livros, fundada em 29.11.1931